KB012615

악마의 음악

경우勁雨 현대 판타지 장편소설

OTHER VOICES

WISHBOOKS MODERN FANTASY STORY

악마의 음악 9

경우勁雨 현대 판타지 장편소설

초판 1쇄 찍은 날 | 2019년 6월 21일
초판 1쇄 펴낸 날 | 2019년 6월 28일

지은이 | 경우
펴낸이 | 예경원

기획 | 위시북스
편집책임 | 이규재
편집 | 위시북스

펴낸곳 | 예원북스
등록번호 | 제396-2012-000132호
등록일자 | 2012. 7. 25
KFN | 제1-426호

주소 | 경기도 고양시 일산동구 호수로 646-24 위너스21II빌딩 206A호 (우)10401
전화 | 031-819-9431 팩스 | 031-817-9432
E-mail | yewonbooks@naver.com

ⓒ경우, 2018

ISBN 979-11-6424-335-8 04810
       979-11-89564-46-9 (set)

※ 파본은 구입하신 서점에서 교환하여 드립니다.
※ 저자와 협의하여 인지를 붙이지 않습니다.
※ 이 책은 예원북스와 저작자의 계약에 의해 출판된 것이므로 무단 전재 및 유포, 공유를
   금합니다.
※ 이 도서의 국립중앙도서관 출판시도서목록(CIP)은 서지정보유통지원시스템 홈페이지
   (http://seoji.go.kr)와 국가자료공동목록시스템(http://www.nl.go.kr/kolisnet)에서
   이용하실 수 있습니다.

악마의 음악
OTHER VOICES
9
경우勁雨 현대 판타지 장편소설
WISHBOOKS MODERN FANTASY STORY
Wish Books

CONTENTS

◈ 1장 ◈

키스카, 줄리어드를 만나다(2)

  건의 유명세 때문에 어딜 가도 사람이 몰릴 것을 걱정한 샤론이 미리 가까운 링컨 센터 내에 있는 아틀란틱 그릴(Atlantic Grill at Lincoln Center)의 VIP 룸을 예약했고, 급한 대로 수건으로 얼굴을 가린 건과 키스카가 식당 내부를 지나 VIP 룸으로 들어갔다.

  주문을 받으러 온 직원이 건의 얼굴을 보고 경악했지만, 사진과 사인을 남겨주는 대신 소란을 피우지 말아달라는 부탁을 하고 나서야 조용하고 아늑한 식사를 시작할 수 있었다.

  키스카를 옆에 앉혀둔 레온틴 프라이스는 시종일관 맛있는 음식을 키스카의 입에 넣어주기 바빴고 이 모습을 본 코릴리아노는 레온틴 프라이스에게 두 번째 천재를 빼앗길까 초조해하다가 곧 은퇴 공연을 앞둔 교수가 그럴 리 없다고 생각한 후로, 마음 편히 식사를 즐겼다.

미디엄 레어로 살짝 익혀 육즙이 잘 배어 나오는 스테이크를 맛보던 건이 문득 생각났다는 듯 물었다.

"그런데 프라이스 교수님. 은퇴 공연이 오페라 공연이라고 하셨죠?"

레온틴 프라이스는 샐러드를 키스카의 입에 넣어주다가 건을 돌아보며 웃었다.

"그럼요. 평생 오페라 가수로 살아온 사람의 은퇴 공연이 다른 것일 리는 없잖아요."

"그럼 어떤 작품으로 공연할 생각이세요? 곡을 새로 만드신다고 해도 시나리오가 있어야 하지 않나요, 오페라라면."

레온틴 프라이스가 포크를 테이블에 놓으며 웃었다.

"오리지널 시나리오로 하려고 해요. 바로 제 인생에 관해 이야기하는 것이니까요."

건이 눈을 동그랗게 뜨며 교수들을 번갈아 보았다.

"예? 그럼 시나리오는 누가 쓰나요? 오페라 시나리오는 정말 쉽지 않은 작업일 텐데."

"제가 직접 쓰고 있어요. 아직 반도 완성하지 못했지만, 제 인생을 그리는 일을 다른 사람에게 맡길 수는 없으니까요. 코릴리아노 교수님께 미완성된 시나리오를 드렸고 그것을 토대로 음악을 만드는 중이에요."

코릴리아노가 스테이크를 입에 넣고 씹으며 고개를 끄덕이는 걸 본 건이 다시 물었다.

"정리해 보면, 시나리오 미완성. 곡도 미완성이네요? 공연은 언제인가요?"

"아, 그건 미리 공연장 예약을 해뒀어요. 공연 예정은 1월 말입니다."

"네? 그럼 두 달밖에 시간이 없는데 아직 연습도 못 들어가신 거예요? 배우 섭외는요? 학생들로 하시려고요?"

"네, 아마도 그렇게 되겠죠."

건이 잠시 고민하는 눈빛을 짓자 레온틴 프라이스가 의아한 눈으로 물었다.

"표정이 왜 그렇죠, 케이?"

샤론이 진중한 표정의 건을 보고 말했다.

"케이. 교수님을 도와주고 싶은 거죠?"

건이 고개를 돌려 샤론을 보자 그녀가 짐작했다는 듯 웃음을 지었다.

"케이의 성격을 모르는 것도 아니고, 분명 교수님의 마지막 공연이 사람들 기억에 남길 바랄 텐데, 상황이 좋지 않은 것을 알고 나니 뭔가 도와주고 싶은 마음이 드는 거겠죠? 케이라면 그러고도 남으니까요."

레온틴 프라이스가 의외라는 듯 놀란 눈으로 건을 쳐다보자 건이 뒤통수를 긁으며 고개를 끄덕였다.

"프라이스 교수님은 저도 무척 존경하는 교수님이에요. 저도 한 손 거들 수 있으면 좋을 것 같아서요. 민폐가 아니라면 말이죠."

샤론이 박수를 치며 거들었다.

"민폐라니요! 무려 빌보드 차트 4위 가수가 도와준다는데! 프라이스 교수님! 그렇지 않나요?"

레온틴 프라이스가 곱게 웃으며 고개를 끄덕였다.

"케이가 도와준다면 더할 나위 없겠죠. 그럼 연주로 도와줄 생각인가요?"

"뭐든 좋습니다, 교수님. 그저 교수님의 마지막 공연에 함께하고 싶은 마음뿐이에요. 개인적으로 커다란 영광이기도 하고요."

"호호, 그렇게 생각해 준다니 제가 영광이네요. 그럼 케이가 연주해 주는 오케스트라에 맞춰 마지막 공연을 장식할 수 있겠군요. 정말 영광인데요?"

세 사람이 프라이스 교수의 마지막 공연과 관련해 활발하게 이야기꽃을 피우자 키스카를 보며 말없이 스테이크를 욱여넣던 코릴리아노가 조용히 중얼거렸다.

"내가 케이처럼 생겼으면 배우가 되었을 텐데."

이야기를 나누다 코릴리아노가 중얼거린 소리를 들은 샤론이 무릎을 탁 쳤다.

"그래! 코릴리아노 교수님, 이야기 잘하셨어요!"

스테이크를 씹던 코릴리아노가 모두의 시선이 집중되자 씹던 것을 멈추고 눈을 동그랗게 떴다.

그 모습이 웃겼는지 키스카가 손가락질을 하며 까르르 웃음을 터뜨리자 샤론도 함께 웃으며 말했다.

"어차피 돕기로 한 것. 케이도 새로운 경험을 하면 좋지 않을까요?"

건이 고개를 갸웃하며 샤론을 멀뚱히 보았다.

"새로운 경험이요? 어떤 경험 말씀이세요?"

샤론이 눈을 반짝이고 건을 아래위로 보며 말했다.

"연기! 음악과 연기가 완벽히 합쳐지는 영역이 바로 오페라예요. 이참에 오페라 배우로서 무대에 서 보는 게 어떨까요? 뒤에서 연주를 해주는 것보다는 전면에 나서는 것이 케이에게 더 어울려요."

건이 놀라며 외쳤다.

"예? 연기라니요, 교수님. 오페라 학과 학생들이 있는데 굳이 연기력도 없는 제가 무슨요!"

코릴리아노가 슬쩍 끼어들며 말했다.

"연기력이 없다니, 맨슨 뮤직비디오 보고 내가 얼마나 놀랐는데요. 진짜 천사나 악마처럼 보여서 그 영상만 앉은 자리에서 서른 번은 넘게 봤어요."

샤론이 맞장구치며 나섰다.

"맞아요! 그리고 대단한 연기를 보여줄 필요는 없어요. 당신은 케이예요. 그저 무대에 가만히 서서 노래하는 것만으로 사람들을 빨아들이는 사람이죠. 해봐요, 케이. 음악과 관련된 것이라면 어떤 경험도 다 피가 되고 살이 됩니다. 담당 교수로서 추천할게요."

건이 얼빠진 표정으로 두 사람을 보다 레온틴 프라이스에게로 눈을 돌리자 포근하게 웃고 있던 그녀가 입을 열었다.

"도와줄래요? 케이가 출연한다면 그 어떤 것보다 사람들의 관심을 받을 텐데. 이 늙은이 마지막 가는 길인데 많은 사람이 와서 봤으면 해요."

건이 고민에 빠지자 샤론이 결정적인 말을 던졌다.

"프라이스 교수님의 마지막 공연 수익은 전액 아프리카 기아 돕기에 기부됩니다, 케이."

건이 이마를 찡그리며 샤론을 보았다.

"교수님은 정말, 저에 대해 너무 많은 것을 알고 계시네요. 휴우."

"호호, 그럼요. 줄리어드에서 나만큼 케이에 대해 아는 사람은 없죠. 가장 가까이에서 오래 본 사이니까."

건이 턱을 괴고 다시 한번 고민에 빠졌다가 레온틴 프라이스가 주는 음식을 받아먹으며 건에게 시선을 주고 있던 키스카에게 물었다.

"키스카, 어떡할까? 우리 할머니 교수님 도와드릴까?"

키스카가 눈을 동그랗게 뜨자 레온틴 프라이스가 웃으며 고개를 내밀었다.

"우리 꼬마 아가씨. 케이가 무대에 서서 멋지게 차려입고 연기하는 걸 보고 싶지 않나요?"

키스카가 눈을 더 크게 뜨고 레온틴 프라이스를 보며 고개를 갸웃했다.

아직 어려서 연기가 무엇인지 모르기 때문임을 눈치챈 레온틴 프라이스가 이마를 탁 치며 다시 말했다.

"케이가 무대에서 빛나는 옷을 입고 멋진 이야기를 하며 노래하는 모습, 보고 싶지 않아요?"

키스카가 그제야 건을 보더니 고개를 마구 끄덕였다.

눈을 동그랗게 뜨고 빨리 보고 싶다는 듯 고개를 끄덕이는 소녀가 무척 귀여워서 세 교수 모두 웃음을 터뜨렸다.

고민스러운 얼굴을 했던 건도 키스카의 귀여운 얼굴에 표정이 풀리며 한숨과 함께 웃음을 지었다.

"휴, 알겠습니다. 그렇게 하죠."

샤론이 가장 먼저 박수를 치며 기뻐했다.

"호호, 잘 됐다! 교수님, 잘 됐죠? 교수님 공연도 잘 될 것이고, 저는 케이의 연기하는 모습도 구경하고, 모두가 해피하네요!"

"그래요. 너무 고마워요, 케이. 내게 큰 추억이 되겠군요. 호호."

"허허. 케이가 연기를 하다니, 나도 꼭 가서 보겠습니다."

세 교수가 기뻐하는 모습을 보던 건이 뒤통수를 긁으며 민망해하다가 키스카와 눈이 마주쳤다.

뭔가 말하고 싶어 오물거리는 모습을 본 건이 의아한 눈으로 키스카에게 물었다.

"응? 키스카, 뭔가 말하고 싶은 거야?"

네 사람이 모두 키스카에게 시선을 집중하자 키스카가 자신의 가슴을 톡톡 치며 레온틴 프라이스를 가리켰다.

무슨 말인지 이해하지 못한 사람들이 고개를 갸웃하고 있자 푸근하게 웃은 레온틴 프라이스가 키스카의 볼을 쓰다듬어 주며 말했다.

"꼬마 아가씨도 이 할미를 돕고 싶다는 거군요?"

키스카가 격하게 고개를 끄덕이며 건을 보았다.

마치 넌 왜 못 알아듣냐는 표정으로 볼을 부풀린 키스카의 귀여운 모습을 본 건이 피식 실소를 지었다.

"키스카도 돕고 싶구나? 음…… 뭘 시키면 될까? 혹시 아역도 필요하신가요? 키스카는 그냥 말없이 연기하는 작은 역할을 주면 될 것 같은데."

어린 나이의 키스카가 순수한 마음으로 돕기를 원하는 것을 알기에 세 교수와 건은 키스카의 역할에 대한 고민에 빠졌다.

교수들 사이에서 잠시 눈치를 보던 코릴리아노가 머뭇거리며 말을 꺼냈다.

"저…… 나한테 생각이 있는데……."

샤론이 말해보라는 듯 눈짓하자 코릴리아노가 머리를 긁적거리며 말했다.

"앞으로 내가 맡을 아이인데, 나와 함께 작업에 참여해 보는 건 어떨까 해서요."

샤론이 코릴리아노의 속내가 보인다는 듯 이를 드러내고 웃었다.

"후훗, 교수님이 키스카를 빼앗길까 봐 그러시는군요? 호호, 그래도 아직 어리고 음악에 대해 지식이 전무한 키스카가 작곡에 어떻게 참여하겠어요, 교수님."

코릴리아노가 잠시 키스카를 보다가 고개를 저었다.

"작곡이 아닙니다."

"네? 그럼요?"

코릴리아노가 레온틴 프라이스와 건을 번갈아 보며 진중한 눈으로 말했다.

"아직 곡만 나오고, 가사가 없는 곡들. 그 곡에 가사를 쓰는 것, 그것이 제가 키스카에게 맡길 일입니다."

건이 놀란 표정으로 말했다.

"가사를요? 키스카가요?"

코릴리아노가 건을 바라보고 있자, 턱을 쓰다듬던 레온틴 프라이스가 건에게 말했다.

"아까 키스카가 썼다는 문장. 다시 보여줘 볼래요?"

건이 가방에 넣어둔 스케치북을 꺼내 그녀에게 넘기자 오선지 옆에 쓰여진 키스카의 문장을 다시 한번 보던 레온틴 프라이스가 작게 미소를 지으며 코릴리아노를 보았다.

"코릴리아노 교수님?"

코릴리아노가 포크를 내려놓고 답했다.

"네, 교수님."

"키스카에게 제가 보낸 시나리오를 보여주세요. 한번 맡겨 보죠."

♪♫♩

초저녁이 되어서야 집에 돌아온 건은 도착하자마자 유모에게 키스카의 목욕을 맡기고 항상 서재에 있는 그레고리를 찾아갔다.

본채의 복도를 지키던 조직원들은 이제 익숙해진 건의 모습이 보이자 목례를 취하며 길을 비켜주었다.

똑똑.

"들어와."

건이 올 것이라는 연락을 미리 받지 못한 그레고리가 문을 열고 들어오는 건을 보며 살짝 놀랐다가 이내 웃음을 지으며 자리에서 일어났다.

"부르지도 않았는데 찾아오는 것은 오랜만이군, 케이. 하하. 이쪽에 앉게."

건이 그레고리가 권하는 1인용 소파에 앉자 책상 앞으로 돌아 나와 엉덩이를 걸치고 앉은 그레고리가 팔짱을 끼며 미소를 지었다.

"그래, 오늘 갔던 일은 잘하고 왔는가? 우리 키스카는 좋아하던가?"

"하하, 그럼요. 잘하고 왔어요. 키스카도 교수님들을 좋아하는 것 같았고요."

"허허, 잘 되었군. 그래, 무슨 일이지?"

건이 조심스러운 말투로 코릴리아노가 키스카를 가르치길 원한다는 이야기를 전했다.

건은 차분히 키스카가 가진 천재성에 대해 어필하는 한편, 복학 전에는 오페라 연습을 하고 또 복학한 후에는 학교를 다니느라 키스카와 많은 시간을 함께해 줄 수 없음에 대해 이야기했다.

　진중한 얼굴로 건의 설명을 듣던 그레고리가 시가를 하나 꺼내 손으로 매만지다 가위로 끝을 잘랐다.

　"음…… 자네도 자네 일이 있으니 언제까지 키스카와 이 집에 틀어박혀 있을 수 없다는 것은 잘 알고 있네. 보통의 학생이었다면 거액을 주어서라도 키스카 옆에 두겠지만 케이라는 천재에게 그렇게 했다간 어디서 누구에게 공격을 받게 될지 모르지. 허허. 그래 키스카는 하고 싶어 하던가?"

　그레고리가 허락의 뜻을 비치자 건이 반색하며 말했다.

　"그럼요! 사실 레온틴 프라이스 교수님을 돕겠다고 한 건 키스카의 의지였어요."

　그레고리가 시가에 불을 붙이며 눈썹을 꿈틀했다.

　"키스카가? 그 아이가 의사를 표했다는 건가? 어떻게?"

　"말로 의사를 전달한 것은 아니었어요. 프라이스 교수님이 유추해서 말씀하시고 맞냐고 물어보니 키스카가 고개를 끄덕인 것으로 알게 되었죠."

　그레고리가 시가의 끝을 이로 씹으며 팔짱을 낀 후 창밖에 보이는 별채의 모습을 내려다보았다.

　"우리 키스카가 의사를 표현했다……. 그것도 단순히 좋고 싫음이 아니라 자신이 하고 싶은 것을 알려 왔다…… 음."

　한참 별채를 내려다보며 침묵하던 그레고리가 시가를 문 채 건을 돌아보았다.

"다시 한번 말하지만, 자네에게 무척 고맙네. 우리 키스카가 이렇게 빠르게 좋아지고 있는 것은 내가 볼 때 다 자네 덕분이니, 이번 일도 자네를 믿고 맡기지. 키스카의 경호 문제만 잘 신경 써 주게나. 그…… 코릴리아노 교수라는 사람은 믿을 만하겠지?"

건이 피식 웃으며 고개를 끄덕였다.

"그럼요, 얼마나 유명한 분인데요. 살아오며 특별히 문제를 일으킨 적도 없으시고 키스카를 아주 귀여워하는 능력 있는 교수님이니 걱정하지 마세요."

건의 확답에 그레고리가 시가의 연기를 길게 뿜으며 미소를 지었다.

"그래, 그럼 우리 키스카는 그 레온틴인지 하는 교수의 은퇴 공연에서는 뭘 하는 거지? 아역으로 작은 역할이라도 나온다면 나도 꼭 가서 보고 싶네만. 키스카는 이제까지 학교를 다니지 않아서 재롱 잔치 같은 것에 한 번도 가본 적이 없어서 말이야."

"하하, 물론 공연을 하면 그레고리를 초대할 거예요. 그런데 아쉽게도 키스카의 역할은 무대에 서는 것이 아닙니다."

"허허 하긴 천재들의 학교인 줄리어드에서, 그것도 전설이라는 교수의 은퇴 공연에 우리 키스카를 세울 리는 없겠지. 그럼 무슨 역할이지?"

건이 소파에서 일어나 책상에 걸터앉은 그레고리에게 다가가 눈을 보며 말했다.

"키스카는 코릴리아노 교수님의 음악과, 프라이스 교수님의 시나리오를 토대로 오페라에 쓰일 가사를 쓸 겁니다."

그레고리가 책상에서 엉덩이를 떼며 경악했다.

"뭐라고? 자네 지금 무슨 말을 하는 건가, 나랑 장난치는 건가?"

건이 피식 웃으며 허리춤에 손을 올렸다.

"하하, 아무리 친해졌다고 해도 당신이 누군지 잘 알고 있어요, 제가 쉽게 장난칠 상대는 아니시죠. 하하, 키스카가 가사를 쓰는 것이 맞습니다. 이번에 발표한 제 노래는 알고 계신가요?"

"아…… 그래, 그 노래. 미로슬라브가 들려주더군. 인기도 엄청 많다고 하던데, 늦게나마 축하하네."

미지근한 반응을 보이는 그레고리에게 건이 장난스러운 얼굴로 주머니에서 핸드폰을 꺼내 'If I could change the world'를 재생시킨 후 화면을 보여주었다.

Composition by Kay.

Lyrics by Kiska Miočić.

그레고리가 놀란 표정을 짓더니 건의 얼굴을 빤히 보며 설명을 요구하는 눈빛을 보냈다.

"하하, 정말이에요. 키스카가 스케치북에 써둔 글들로 만든 노래예요."

그레고리가 깜짝 놀라며 건이 내민 핸드폰에 가사 보기를 눌러 내용을 다시 보았다.

"이, 이게 정말 우리 아이가 쓴 글이라고? 그러니까 키스카가 말인가?"

건이 웃으며 고개를 끄덕이자 실감이 나지 않는 듯 몇 번이고 가사를 보던 그레고리가 감격했는지 눈물을 보였다.

건의 앞이라는 것을 상기한 그레고리가 뒤로 돌아 하늘로 고개를 들고 눈물을 떨구지 않도록 노력하자, 그 모습을 본 건이 그의 마음이 가라앉기를 조용히 기다려 주었다.

한참 하늘을 보고 있던 그레고리가 손으로 얼굴을 감싸며 나직하게 중얼거렸다.

"나탈리에…… 당신이 키스카에게 주고 간 선물이구려."

그레고리가 먼저 간 부인의 상념에 빠져들자 건이 그를 방해하지 않기 위해 조용히 일어나 방을 나섰다.

소리가 나지 않게 문을 살짝 닫은 건이 문이 닫히기 직전 문 사이로 보이는 그레고리의 뒷모습을 보았다.

'절망과 울음으로 가득 찬 당신의 인생에 그 딸이 한 줄기 빛이 되길.'

조용히 자신의 바람과 축복을 준 건이 별채로 오자 언제나처럼 소파에 누워 있는 병준과, 병준 옆에 엎드려 뭔가를 보고 있는 키스카가 보였다.

키스카가 먼저 건을 발견하고는 쪼르르 달려와 다리를 감싸 안았고 그 모습을 보던 병준이 누운 채 한 손을 들고 웃음 지었다.

"여어, 그레고리 허락은 받았나?"

건이 다리를 붙잡고 매달린 키스카를 안아 올린 후 소파로 가 앉으며 웃음 지었다.

"그럼요, 받았죠. 키스카? 뭐 하고 있었어?"

건의 얼굴을 보며 생글생글 웃고 있던 키스카가 몸을 숙여 자신이 보고 있던 종이를 내밀었다.

"응? 아, 아까 받은 시나리오구나, 재미있어?"

키스카가 귀엽게 웃으며 고개를 마구 끄덕였다.

건이 키스카가 내민 시나리오를 보지 않고 옆으로 내려놓은 후 눈을 맞추며 말했다.

"우리 키스카. 꼭 잘할 필요 없는 것 알지? 그냥 재미있는 놀이라고 생각하고 해보자. 오빠가 많이 도와줄게. 혹시 힘들고 하기 싫으면 바로 말해줘. 알았지?"

키스카가 눈동자 한가득 애정 어린 표정을 짓더니 건의 머리카락을 만졌다.

웃음을 지으며 서로의 눈을 바라보는 두 사람을 보던 병준이 가자미눈을 뜨며 발가락으로 건의 팔을 건드렸다.

"어이, 이놈이 점점 심해지네. 이봐 그 애는 이제 고작 열 살이라고. 그런 눈빛으로 보지 말아줄래?"

건이 팔로 병준의 발을 밀치며 인상을 썼다.

"그런 더러운 소리 좀 하지 말라니까요, 형."

그러나 병준은 포기하지 않고 발로 건의 옆구리를 쿡쿡 찔렀다.

"야, 너만 아니면 되냐? 키스카 눈빛 봐라. 저게 그냥 오빠 바라보는 눈빛이냐?"

건이 인상을 찡그리고 병준을 보다 아직 자신의 머리를 만지고 있는 키스카를 바라보았다.

생글생글 웃으며 홍조 띤 얼굴로 건의 머리부터 이마, 눈, 코, 입과 턱을 세세하게 보고 있는 키스카를 본 건이 그저 좋은지 헤벌쭉이 웃자 병준이 어이없다는 듯한 눈빛으로 말했다.

"야 이놈아! 아청법이다! 아동, 청소년의 성보호에 관한 법률이다! 이 자식아!"

"아! 뭐라는 거예요! 더러운 소리 하지 말라니까요!"

병준이 건의 손가락 두 개를 들어, 건의 눈을 쑤시는 시늉을 했다.

"이! 이놈의 음흉한 눈빛을 어찌하면 좋을꼬? 확 후벼 파버릴까!"

"아, 쫌! 저리 가요!"

건이 키스카를 안은 채 소파에서 일어나 냉장고 쪽을 향하며 웃었다.

"키스카, 우리 아이스크림 먹을까? 벌써 먹었나?"

키스카가 고사리 같은 손으로 박수를 치며 마구 고개를 끄덕이자 건이 병준을 내려다보며 물었다.

"형, 키스카 오늘 아이스크림 안 먹었죠?"

병준이 소파에 누워 발을 들고 흔들며 말했다.

"안 먹었다. 그래 끓는 피는 아이스크림으로 식혀야지. 젊은 것들."

"아 쫌! 애 앞에서 무슨 말이에요 그게!"

"키스카가 못 알아듣게 돌려 말하고 있잖아, 자식아."

"아, 이상한 소리 하지 마요!"

냉장고를 연 건이 미리 사둔 아이스크림을 꺼낸 후 식탁에 키스카를 앉히고 숟가락을 쥐여주었다.

꽁꽁 언 아이스크림이라 숟가락 하나를 더 꺼내, 먹기 좋게 퍼 준 건이 테이블 위에 팔꿈치를 대고 턱을 괸 채 맛있게 아이스크림을 먹고 있는 키스카를 내려다보았다.

"맛있어? 다음번에는 다른 맛으로 먹어볼까?"

키스카가 큰 눈동자로 건을 보다가 고개를 저은 후 먹고 있는 아이스크림을 마구 손가락질했다.

"하하, 그게 좋아? 다른 건 안 먹어봤잖아. 다른 것도 맛있어, 키스카."

키스카가 심각한 얼굴로 고민에 빠지자 그 모습이 귀여웠던 건이 웃음을 터뜨렸다.

"그래, 그럼 지금 먹고 있는 것은 또 사고, 다른 맛도 하나씩 더 사서 먹어보면 어때?"

키스카가 빙그레 웃음을 짓더니 고개를 끄덕이며 아이스크림을 한 숟갈 퍼서 건에게 내밀었다.

고사리 같은 손으로 자기가 가장 좋아하는 아이스크림을 나눠주는 키스카의 성의를 거절할 수 없었던 건이, 소녀가 내민 숟가락을 입에 넣고 있는 와중 배를 긁으며 식탁으로 오던 병준과 건의 눈이 딱 마주쳤다.

병준은 식탁으로 오던 도중 건과 키스카의 행동을 보고 몸을 굳히다가 숟가락을 입에 넣은 채 자신을 올려다보고 있는 건에게 달려가 뒤에서 헤드락을 걸었다.

"이놈의 자식! 내 이럴 줄 알았어! 너 신고한다, 이 자식아! 아이스크림 도로 뱉어! 더러운 자식아!"

"크헉! 형 뭐 하는! 커헉!"

병준이 키스카가 보고 있던 시나리오 집을 건의 얼굴에 마구 문지르며 소리쳤다.

"이놈의 자식이 순수한 아이한테 키잡질이냐!"

"크헉! 키, 키잡이 뭐예요!"

"키워서 잡아먹기 이놈아!"

"커헉! 아씨! 좀 놔요!"

건이 인상을 쓰며 벌떡 일어나자 병준이 놓친 시나리오 집이 식탁 위로 떨어졌다.

씩씩거리며 병준을 째려보던 건이 자리에 앉으며 말했다.

"좀, 더러운 생각 좀 하지 마요. 좀!"

건이 식탁 위에 어지럽게 흩어진 시나리오 집을 정리하다 눈에 이채를 띠었다.

잠시 시나리오 집을 살펴보던 건이 놀란 눈으로 키스카에게 말했다.

"키스카, 왜 크레파스 색을 다 다르게 해서 밑줄을 그어놨어?"

키스카가 눈을 동그랗게 뜨더니 손을 내밀어 시나리오 집을 잡고 쪼르르 달려가 크레파스를 가져와서, 식탁 의자에 올라가 설명하듯 입을 오물거렸다.

녹색 크레파스를 들어 한 문단에 줄을 열심히 긋던 키스카가 이번에는 핑크색 크레파스로 다음 문단에 줄을 그은 후 내밀었다.

키스카의 행동을 자세히 살펴보던 건이 키스카가 밑줄을 그은 시나리오 집을 보다 신중한 얼굴로 고개를 들었다.

"키스카."

키스카가 눈을 동그랗게 떴다.

"너 혹시 글자에서 색을 볼 수 있는 거야?"

밤늦은 시간 키스카를 재워준 건이 홀로 불 꺼진 거실 소파에 앉아 스탠드 조명을 켜고 키스카가 색칠해 둔 시나리오를 멍하니 보고 있었다.

'암두시아스의 눈이다! 분명해. 키스카도 나와 같은 눈을 가지고 있어!'

건이 옆에 놓인 스케치북을 넘겨보며 그동안 키스카가 그린 그림이나 글들을 보며 심각한 표정을 지었다.

'악보를 그려둔 오선지의 음표에는 색을 칠해두지 않았다. 그렇다는 건 키스카의 눈과 나의 눈이 차이가 있다는 뜻이야. 나는 음악에, 키스카는…… 글인가?'

건이 손으로 미간을 주무르며 생각에 잠겼다.

'그래서 내가 중얼거린 감정에 따른 글을 쓸 수 있었구나. 그리고 열 살밖에 안 된 아이의 문체가 예술가의 그것만큼 수준

높았던 것도 이제 설명이 된다.'

건의 머릿속에 1882년의 러시아 상트페테르스부르크에서 만난 차이콥스키의 말이 떠올랐다.

"음악이라는 악마가 당신과 세르게이에게 만준 능력. 바로 '암두시아스의 눈'입니다."

건이 다시 시나리오 집을 보며 미간을 매만졌다.

'암두시아스의 눈이 맞는지는 확실치 않다. 하지만 분명 내가 그림과 음악에서 색을 보듯 키스카도 글에서 색을 보고 있어.'

건이 조용히 고개를 돌려 키스카가 잠든 방의 닫힌 문을 복잡한 눈빛으로 보다가 입술을 꼭 깨물었다.

"내가 가르쳐야 한다. 다른 사람에게 세상을 배우고 나에게서는 색을 배워야만 해, 키스카는. 이건 다른 사람이 알려줄 수 없는 것이니까."

소리가 나지 않게 시나리오 집과 스케치북을 정리한 건이 키스카가 잠든 방의 문을 살짝 열고 잠이 든 키스카를 슬쩍 확인한 후 자신의 방으로 돌아갔다.

아무도 없는 어두운 거실에 남겨진 시나리오 집이 옅은 색으로 빛나고 있었다.

다음 날 아침.

까치집이 된 머리를 긁적이며 물을 마시러 나온 병준의 눈에, 아침부터 키스카와 함께 거실에 앉은 건이 스케치북에 뭔가를 적고, 보여주며 설명하는 것이 보였다.

건이 미리 정리해 둔 듯 보이는 스케치북에는 크레파스로 색을 표기해 둔 사각형 옆에 짧은 글들이 쓰어 있었다.

[자주]
애정, 창조, 정서.

[빨강]
정열, 애정, 혁명, 야만, 위험, 분노, 활력.

[주황]
원기, 적극, 희열, 만족, 풍부, 초조, 유쾌, 광명, 건강.

[노랑]
희망, 명랑, 따뜻함.

[연두]
위안, 젊음, 자연, 신선, 새싹.

[초록]

안식, 평화, 안정, 지성, 절박.

[청록]

바다, 질투, 찬 바람.

건이 스케치북에 적어둔 글들을 하나하나 가리키며 키스카에게 설명을 했다.

"키스카, 자주색은 말이야. 애정, 창조, 정서적인 것들을 가리켜. 음…… 쉽게 설명하면 자주색으로 보이는 글들이 주는 감정은 누군가를 사랑한다는 감정이거나, 혹은 창조적인 것들, 또는 정서적으로 안정을 주는 것들을 유도하는 글이란 거야."

키스카는 반도 못 알아듣는 듯했지만, 그저 건의 잘생긴 얼굴이 좋은 듯 생글생글 웃으며 고개를 갸웃거리기도 하고 눈을 동그랗게 뜨기도 했다.

병준이 뒤에서 그 모습을 관찰하며 고개를 갸우뚱했다.

"주황색은 원기, 적극, 희열, 만족, 풍부, 초조, 유쾌, 광명, 건강을 뜻해. 이런 색으로 쓴 글들은 뭐랄까, 적극적이고 힘이 샘솟는 감정이 많단다."

애써 쉽게 설명하려고 노력하는 건을 보고 한숨을 내쉰 병준이 키스카의 옆에 앉으며 물었다.

"뭐하냐, 너?"

건이 방해하지 말라는 듯 손을 휘휘 젓자 병준이 한심하다는 눈으로 말했다.

"아니, 열 살짜리가 원기가 뭔지 광명이 뭔지를 어떻게 아냐? 넌 그 나이 때 그런 단어 알았어?"

건이 잠시 생각해 본 후 입맛을 다시다가 문득 레온틴 프라이스의 허밍을 듣고 적어둔 오선지 옆에 키스카가 써둔 글을 찾아 병준에게 내밀었다.

병준은 써진 글들을 보며 고개를 갸웃하며 물었다.

"뭔 시야, 이게? 어려운 단어가 되게 많네. 검은 조랑말은 뭐야 또?"

건이 고갯짓하며 말했다.

"그거 키스카가 쓴 거예요."

병준이 눈을 크게 뜨고 옆에 앉아 웃고 있는 키스카를 보다가 획 고개를 돌렸다.

"장난치냐? 이건 곧 서른 다 돼가는 나도 못 써 인마."

건이 피식 웃으며 키스카를 눈짓하자 병준이 얼빠진 표정으로 소녀를 내려다보았다.

병준의 표정이 웃겼는지 바닥을 굴러다니며 까르르거리는 키스카를 한참 보던 병준이 스케치북을 들어 보이며 물었다.

"진짜야, 이거?"

건이 고개를 끄덕이자 병준이 벌떡 일어나며 머리를 쥐어뜯었다.

"신이시여! 왜 나한테는 능력을 안 주십니까! 왜 내 주위에는 이렇게 발에 채듯 천재가 많은데 나만 이렇게 아무것도 안 주십니까 신이시여!"

한참 머리를 쥐어뜯으며 비틀거리는 병준을 본 건이 어이없다는 듯 실소를 지었다.

병준은 그 후로도 한참 머리를 쥐어뜯으며 온 거실을 뛰어다니다가 문득 까치집이 된 머리를 정리한 후 건의 앞에 와 앉았다.

그런 병준이 웃겼던 키스카는 소파 위를 굴러다니며 배를 잡고 웃고 있었다.

"그건 알겠는데, 갑자기 왜 미술 교육을 하냐? 키스카가 그림을 잘 그리긴 하던데. 넌 그쪽 전공이 아니잖아? 내가 미술 교육 코스 좀 알아봐 줄까?"

키스카와 정이 든 병준이 애정 가득한 말을 내뱉자 웃음을 지은 건이 고개를 저었다.

"아니에요, 이건 키스카에게 미술 교육을 하는 게 아니라 문학에 관한 교육을 하는 거예요."

병준이 건이 내려둔 스케치북을 들어 보이며 이상한 표정을 지었다.

"이게? 그냥 색깔에 대한 감정에 대해 써둔 것 같은데?"

"하하, 그래요. 그게 키스카한테 꼭 필요한 맞춤 교육이니까요."

병준이 가만히 건을 째려보다가 한숨을 지으며 스케치북을 내려놓았다.

"뭔 소린지 하나도 모르겠네. 그래 천재는 천재들끼리 놀아라. 이 형은 나가련다."

"어디 가려고요? 우리 좀 있으면 학교 가야 하는데 같이 나가요, 형."

"됐다 망할 천재들아. 난 택시 타고 가련다."

"어디 가는데요?"

"범인의 행동을 알아서 뭐하냐, 천재 것들아! 휴, 린 이사님이 불러서 가."

"린 이사님이요? 왜요?"

병준이 자리에서 일어나며 힐끔 건을 내려다본 후 방으로 향했다.

"왜 부르긴. 소속 가수가 농땡이만 치니까 대책 마련하러 가지."

건이 미안해진 표정으로 어색하게 웃자 방으로 들어갔다가 문을 열고 머리만 내민 병준이 말했다.

"너 진짜 활동 안 할 거냐?"

건이 볼을 긁으며 잠시 키스카를 내려다본 후 말했다.

"네, 지금은 별로 생각 없어요. 그래도 꼭 해야 하는 스케줄은 할 테니 린 이사님께 전해주세요."

병준이 얼굴이 확 밝아졌다.

"진짜지?"

"하하, 네, 형. 그렇지만 너무 자주 스케줄을 잡진 말아주세요."

"하핫! 알았어!"

재빨리 옷을 입고 나간 병준을 배웅한 건이 키스카와 함께 간단히 점심을 먹으려다가 문득 떠오른 생각에 키스카의 의사를 물었다.

"키스카, 혹시 아보카도 샌드위치가 뭔지 알아?"

키스카가 눈을 동그랗게 뜨자 건이 이를 드러내고 웃었다.

"맛있는 거야, 오빠랑 맛있는 샌드위치 먹으러 가자!"

키스카가 크레페스를 손에 쥔 채 방긋 웃으며 양팔을 올렸다.

잠시 후 로건의 빵집 앞에 차를 댄 건이 키스카를 안고 차에서 내렸다. 선글라스와 모자를 쓴 건은 키스카에게도 밀짚 모자와 스카프로 얼굴을 가리게 한 후 주위를 살피며 로건의 가게로 들어갔다.

문에 달린 방울이 소리를 내자 혼자 가게 안에서 쟁반을 닦던 로건이 말했다.

"어서 오…… 헉! 케이?"

건이 가게 안을 바라보자 아직 점심시간 전이라 손님이 없는 것을 보고는 안심하고 선글라스를 벗으며 웃었다.

"하하, 로건 오랜만이에요. 케이라니요. 로건은 나한테 건이라고 불렀었잖아요."

로건이 수건을 내팽개치고 카운터를 돌아 뛰어나오며 말했다.

"그건 학생 때나 불렀던 거고! 지금은 엄청난 스타잖아! 케이라고 불러야지 나도. 하하, 이거 몇 년 만이야? 진짜 반가워, 기사로 소식은 많이 듣고 있었어. 자, 이쪽으로 앉아!"

로건이 건에게 자리를 내어준 후 재빨리 가게 문을 닫아걸고는 자리로 돌아왔다.

"장사 안 해요? 문을 잠그면 손님들 못 오잖아요."

로건이 손을 휘휘 저으며 말했다.

"괜찮아, 아직 손님들 오려면 이른 시간이니까. 그보다 잘 지냈어?"

"하하, 잘 지냈어요. 로건도 건강하시죠?"

"그럼, 나야 건강 빼면 시체지. 그런데 품에 이 꼬마 아가씨는…… 헉! 키, 키스카다!"

키스카가 경악한 눈으로 자신을 보는 로건이 자기 이름을 부르자 스카프를 내리고 눈을 동그랗게 떴다.

로건이 감격에 찬 눈으로 키스카를 바라보자 건이 의아한 눈빛으로 물었다.

"뭘 그리 감격하고 있어요, 로건?"

로건이 떨리는 음색으로 더듬거리며 입을 열었다.

"케, 케이. 지금 키스카가 얼마나 인기가 많은지 몰라? 케이 너만큼은 아니라도 내 나이 삼촌 팬들과 이모 팬들의 엄청난 지지를 받고 있다고, 케이 네가 줄리어드에 돌아왔을 때 학생들이 찍은 사진들이 SNS에 풀린 것을 시작으로 키스카 매니아가 급속도로 번지고 있다고! 사, 사진 좀 찍어주고 가라, 가게에 전시 좀 하게!"

건이 어이없다는 표정으로 로건의 말을 듣다가 사진을 찍어 달라는 말에 씩 웃으며 말했다.

"로건의 특제 아보카도 샌드위치 두 개, 오렌지 주스 두 잔이면 찍어드리죠. 하하."

로건이 자리에서 벌떡 일어나며 주방으로 뛰어들어 갔다.

"맡겨둬! 아보카도를 산처럼 쌓아서 만들어주지!"

로건이 주방으로 사라지자, 살이 통통하게 오른 키스카의 볼을 살짝 꼬집은 건이 웃으며 말했다.

"우리 키스카가 인기가 많대, 하하."

무슨 말인지 이해하지 못했지만 건의 웃는 모습에 마냥 기분 좋은 웃음을 흘리는 키스카였다.

로건의 빵집에서 샌드위치를 얻어먹은 건이 학교로 와 코릴리아노에게 키스카를 맡겨두고 본격적인 연습을 시작하였다.

♪♪♩

매일 같이 시나리오를 만들어 나가고, 레온틴 프라이스가 만든 음악에 조언을 아끼지 않던 건에게 손린 이사는 전문 연기 선생까지 붙여주며 최선을 다하라고 독려했다.

브로드웨이의 연극 무대에서 나름 명성을 떨치던 연기 선생인 페데리코 마르체티는 케이를 가르칠 기회를 놓치지 않았고, 최선을 다해 건을 조련했다.

연기에 대해 좋은 선생님께 배울 기회를 부여받은 건은 혼나기도 했지만, 매일 최선을 다해 노래하고, 연기 연습을 하며, 오페라가 주는 재미에 푹 빠졌다.

건이 연습에 빠진 만큼 코릴리아노와 작업을 하는 키스카 역시 시나리오를 써 내려갔고, 음악에 가사를 써 내려가는 작업에 큰 재미를 느꼈는지 매일 아침 눈을 뜨자마자 건의 손을 잡아끌며 학교로 가자고 졸라대기까지 했다.

그리고 연습에 매진한 지 40여 일이 지난 시기에 링컨 센터의 오페라 홀에 레온틴 프라이스의 은퇴 공연을 알리는 홍보 포스터가 붙었다.

〈레온틴 프라이스 은퇴 공연〉

1927년 미시시피의 가난한 농부의 딸로 태어나 최초로 오페라의 흑인 디바가 된 그녀의 인생을 노래하다.

출연 : 레온틴 프라이스, 케이, 줄리어드 오페라과 학생 일동.

음악 : 존 코릴리아노, 키스카 미오치치.

그녀의 마지막 공연에 당신을 초대합니다. 이 공연의 수익금은 전액 아프리카 기아 돕기 기금으로 쓰입니다.

공연 문의 1588-85XX.

♪♫

몇 년 전. 가마긴의 명령으로 줄리어드에 입학한 건에게 라흐마니노프의 꿈을 보여준 암두시아스가 오랜만에 내려온 인간 세상의 오후를 즐기고 있었다.

가끔 인간 세상에 내려오면 즐기는 달달한 캐러멜 마키아토를 마시며 마계로 올라가기 전 한적한 시간을 보내고 있는 암두시아스였다.

"허헛, 미개한 인간 놈들이 커피 하나는 기가 막히게 만든단 말이지. 하나 납치해서 내 성에 가둬놓고 바리스타로 삼아버릴까?"

노천카페에 자리를 잡고 한가하게 커피를 마시고 있는 미남자를 본 여자들이 눈길을 주며 추파를 던졌지만, 자신의 성에서 화장실 청소를 하는 하녀보다 못한 인간 여성들이 눈에 찰리 없던 암두시아스는 코웃음을 치며 무시했다.

'그나저나 그놈은 무슨 복을 받았길래 그토록 가마긴 전하의 총애를 받는 거지? 알 수가 없네, 정말. 그냥 평범한 인간 아이일 뿐인데 매일 같이 그리 보고 계시고 말이야. 파이몬 님도 요새 들어 매일 가마긴 전하의 성에서 살다시피 하며 그 아이 보는 재미에 푹 빠져 계시고 말이야. 나도 내 능력을 줬는데 놀러 가서 얼굴도장이라도 찍을까?'

머릿속에 가득해지는 잡념들을 떨치려는 듯 자리에서 일어나 남은 커피를 모두 마신 암두시아스가 테이블 위에 팁을 올려놓은 후 길을 걸었다.

'누가 제발! 제발 도와줘요!'

머릿속을 울리는 간절한 외침에 잠시 걸음을 멈춘 암두시아스가 이내 고개를 흔들었다.

'인간들은 참 도와달라는 것들이 많아. 저러니 신도 모두 굽어살피지 못하는 것이지. 괜히 여기 더 있다가 천사 놈들한테 걸리면 재미없으니 빨리 뜨자.'

무시하고 횡단보도 앞에 서 있던 암두시아스의 머릿속으로 다시 한번 울림이 전달 되었다.

'제발! 제발 도와줘요! 누구라도 좋아요!'

머리를 거칠게 긁어대던 암두시아스가 한숨을 지으며 이내 고개를 저은 후 그 자리에서 사라졌다.

횡단보도에 서서 이어폰을 꽂고 음악을 듣던 여성이 옆에서 불어오는 바람에 고개를 갸웃했다.

♪♫

브루클린 87번가 센추리 21 백화점에 나타난 암두시아스가 주위를 둘러보았다. 백화점 1층 유리 벽에 처박힌 SUV에서 백화점 내부로 기관총이 난사되고 차 뒤에서 총을 가진 한 떼의 남자들이 깨진 유리를 밟으며 안으로 진입하고 있었다.

타타타타!

끄아아아악!

"사람 살려! 제발 누가 좀 도와줘요!"

암두시아스가 천천히 손을 펴 올린 후, 주먹을 꽉 쥐자 갑자기 시간이 느리게 흘러가는 듯 모두의 움직임이 극도로 느려졌다.

앞서 백화점에 들어가려던 남자들이 채 한 걸음을 떼기도 전에 백화점 1층으로 들어간 암두시아스가 주위를 둘러보다 바닥에 쓰러져 슬픈 눈으로 한곳을 보고 있는 여인을 발견하고, 다가가서 여인의 머리를 만졌다.

거의 동작을 멈추다시피 하고 한곳을 바라보던 그녀의 눈동자가 갑자기 나타난 암두시아스를 향하자, 짜증스러운 얼굴로 머리를 긁어대던 암두시아스가 말했다.

"뭔데! 왜 불렀어!"

여인의 얼굴에 당황이 번졌고, 주위의 모든 것이 멈춰 있는 것을 돌아본 여인이 경악한 눈으로 암두시아스를 올려다보자, 기다리다 지쳤다는 듯 손을 휘휘 저어대던 암두시아스가 등을 돌렸다.

"기껏 불러서 왔더니 할 말이 없나 보군. 그럼 난 간다!"

당황한 여인이 다급히 소리쳤다.

"도, 도와주세요!"

돌아서 떠나려던 암두시아스가 등을 돌린 채 고개만 돌려 물었다.

"뭘? 살려달라고?"

암두시아스가 한 손을 들어 손가락으로 수인을 맺어본 후 고개를 저었다.

"안 돼, 널 살리면 천사들이 알아챌 거다. 넌 여기서 죽을 운명이니까."

여인의 눈에 절망이 어렸지만, 다시 주먹을 꼭 쥔 여인이 백화점 한구석을 가리켰다.

"그럼! 그럼 제 딸이라도 살려주세요!"

암두시아스가 그쪽으로 고개도 돌리지 않고 손을 휘휘 저으며 말했다.

"아아, 쟤는 안 죽어. 그냥 다칠 거야."

여인이 온 힘을 다해 기어와 암두시아스의 다리를 붙잡고 울며 외쳤다.

"흐흑! 제발! 제게 너무 소중한 아이예요! 어디를, 어떻게 다치게 되는지라도 알려주세요! 부탁이에요!"

암두시아스가 혀를 차며 자신의 다리를 잡은 여인을 내려다보았다. 인간치고는 꽤 반반하게 생겨 관심이 간 암두시아스가 백화점 한구석에 쪼그리고 숨어 겁먹은 표정으로 여인을 바라보고 있는 꼬마 여자아이를 보았다.

잠시 턱을 쓸며 아이를 보던 암두시아스가 여인을 내려다보며 아무렇지 않은 표정으로 말했다.

"그냥 머리 쪽에 총알이 하나 박히는데 죽지는 않아. 백치가 될 뿐이지."

여인이 암두시아스의 바지를 벗기려는 셈인지 마구잡이로 그의 바지를 잡으며 절규했다.

"제발! 제발 내 아이를 지켜주세요, 당신이 누군지 모르지만 할 수 있잖아요! 제발!"

암두시아스가 잠시 고민했다. 죽을 운명인 인간을 구해주는 것은 문제가 될지 몰라도 다칠 아이를 구하는 것쯤은 그리 어렵지 않았지만, 악마 체면에 아무 대가 없이 인간을 돕는다는 것은 거부감이 들었기 때문이다.

"그럼 뭘 줄 건데?"

"뭐든! 뭐든 할게요! 평생 당신의 종이 되라고 해도 되겠습니다!"

"평생? 그게 영원이 된다고 해도 말이야?"

"네, 네! 뭘 하라고 하셔도 다 하겠습니다!"

잠시 고민하던 암두시아스가 이내 고개를 끄덕였다.

"좋다. 계약은 성립되었다."

암두시아스와 여인이 이야기를 나누던 도중 검은 선글라스를 쓴 남자의 기관총 세 발이 아이를 향해 뿜어졌다.

슬로우 비디오같이 날아가는 총알의 궤적을 보고 있던 여인이 다급한 눈으로 암두시아스를 올려다보자, 그가 여인의 옆에 엎드린 채 백화점 입구로 들어오는 남자들에게 총을 쏘아대고 있던 남자를 한 손으로 번쩍 들어 아이 앞으로 던졌다.

손을 탁탁 턴 암두시아스가 여인을 보며 이를 드러냈다.

"마침 식사 시중을 들 아이가 필요했는데 잘 됐군. 좀 있다가 보자고."

마지막 말을 남긴 암두시아스가 여인의 눈앞에서 사라지자 거짓말같이 시간이 흘러가며 암두시아스가 던진 남자가 바닥에 쓰러졌다.

그의 허벅지와 어깨, 팔에 세 발의 총이 관통했고, 피를 뿜은 그가 아이의 앞을 가로막으며 바닥에 처박혔다.

아이가 갑자기 자기 앞으로 날아와 피를 뿜으며 쓰러지는 남자를 놀란 눈으로 보고 있는 것을 본 여인이 안도의 한숨을 쉬었다.

어차피 죽을 것이라는 이야기를 들었기 때문일까? 여인의 얼굴이 조금 평온해졌다.

남자들이 다리를 벌리고 자신의 앞에 서서, 권총을 이마에 대고 낄낄거리며 조롱을 할 때도 그녀의 눈은 숨어 있는 아이에게로 향했다.

잘 숨어 있으라고, 꼭 다치지 말고 살아남으라고 마음속으로 빌고 또 빌며 미간에 총알이 박힐 때까지 기도하던 여인은 끝내 숨을 거두었다.

여인을 죽인 남자는 끝까지 여인이 바라보던 곳으로 시선을 옮겼다. 쓰러진 남자 뒤에 자그마한 인영이 보이는 것을 본 남자가 천천히 걸어가 아래를 내려다보자 자신과 눈도 마주치지 못하고 바들바들 떨고 있는 아이가 보였다.

자신이 전쟁을 하고 있는 남자의 딸인 것을 알아본 남자가 금니 가득한 앞니를 드러내며 씩 웃었다.

손에 든 권총을 서서히 아이에게 겨눈 남자가 피식 웃었다. 아이가 죽는 유쾌하지 못한 모습을 보는 취미는 없는 듯 권총이 불을 뿜자마자 돌아선 남자가 멀리서 들려오는 경찰차의 사이렌 소리에 황급히 백화점을 빠져나갔다.

남자의 총알은 아이의 눈을 관통했다.

한쪽 눈이 사라져 버린 아이가 천천히 고개를 숙이며 급격히 생명을 잃어가자, 하얀 손 하나가 나타나 쓰러지는 아이를 받아 들었다.

"워우~ 이러면 안 되지."

남자의 손이 아이의 얼굴을 덮었다. 음울한 검은빛이 아이의 눈을 덮고 짧은 시간이 지난 후, 경찰들이 소리를 지르며 백화점으로 밀려 들어왔다.

구석에 축 늘어진 아이를 눕힌 암두시아스는 순식간에 사라졌고, 수색하던 경찰들이 아이를 발견하고는 크게 소리를 질렀다.

"여기 아이가 있다! 아직 숨이 붙어 있어!"

"어? 이 아이는 다친 곳이 없어 보이는데? 그냥 기절한 것 같아."

여기저기 아이의 몸을 확인하던 경찰들의 앞에 아무 일 없었다는 듯 다시 눈이 생긴 아이가 눈꺼풀을 파르르 떨며 누워 있었다.

앰뷸런스를 찾으며 소리를 지르던 경찰이 자리에서 일어나 몸을 돌리자 누워 있던 아이의 왼쪽 눈에서 파란색 은은한 빛이 터져 나왔다.

♪♪♪

"그러니까 키스카. 색에는 말이야 긍정적인 의미와 부정적인 의미가 공존한다는 걸 잊지 말아야 해 알겠지?"

오늘도 별채에 앉은 건이 키스카에게 색에 대한 강연을 해 대고 있는 것을 본 병준이 냉장고에서 주스를 꺼내 먹으며 말했다.

"크핫, 건아 그렇게 말해서는 못 알아듣는다니까 그러네. 눈높이 교육 몰라?"

건이 무슨 소리를 하든 그저 건의 잘생긴 얼굴을 보며 그가 자신에게 말을 걸어주고 있는 것만으로도 좋았던 키스카가 방해하지 말라는 듯 볼을 부풀리며 병준을 향해 주먹을 흔들었다.

병준이 주스 병에 입을 대고 어이없다는 눈빛을 했다.

"얼씨구? 에혀, 그래 사랑의 방해꾼은 나가서 담배나 하나 태워야겠다."

고개를 절레절레 흔든 병준이 점퍼를 입고 밖으로 나가 담배에 불을 붙인 후 전화기를 들어 어디론가 전화를 걸었다.

"예, 린 이사님. 접니다."

"그래요, 실장님. 안 그래도 전화 드리려 했습니다."

"예? 무슨 일 있나요?"

"내일 레온틴 프라이스 교수와 식사 자리를 만들어주세요."

"예, 뭐 그건 어렵지 않습니다만, 무슨 이유라고 할까요?"

"이번 오페라 공연, 아프리카 아이들을 위한 공연이라고 했지요?"

"네, 맞습니다. 안 그래도 건이 이놈이 물 들어올 때 노 안 젓고 돈 안 되는 일을 해서 속이 쓰리고 있죠."

"호호, 그렇군요. 소속 연예인이 돈 안 되는 일만 골라서 하면 매니저는 뭘 해야 하죠?"

"에…… 뭐…… 설득?"

"호호, 실장님도 좀 더 성장해야겠군요. 돈이 안 되면 다른 실속을 차려야죠."

"실속이요, 이사님?"

"네, 금전적 이득이 아니더라도 우리는 충분히 다른 것을 얻을 수 있어요."

"그게…… 뭔데요?"

"이미지죠. 좋은 이미지의 브랜드 마케팅."

병준이 모르겠다는 듯 머리를 긁적이다 말했다.

"무슨 좋은 생각이라도 있으신가요?"

"레온틴 프라이스 교수, 그리고 건 씨는 금전적으로 욕심이 없는 상태입니다. 맞습니까?"

"네, 그렇죠, 욕심이 없어도 너무 없어서 화딱지가 나는 수준입니다."

"그럼 금전적 이득을 보자는 말로 설득한다면 씨알도 안 먹히겠죠?"

"그럼요. 오히려 반감을 사겠죠. 그래서 저도 말을 못 꺼내고 있는 것이고요."

"맞습니다. 그럼 만약에 네팔에서처럼 아프리카 아이들에게 좀 더 큰 금액을 지원할 방법을 제시한다면 어떨까요? 거기에 우리 이익금은 아주 작게 조절한다면요?"

"그…… 음……. 그런 방법이 있나요? 만약 있다면 둘 다 찬성하겠죠."

"호호, 그럼 됐습니다. 내일 뵙죠."

"아! 이사님! 저 궁금하면 잠 못 잡니다! 이사님!"

뚝.

"젠장할!"

병준이 귀에서 거칠게 전화를 떼며 줄담배를 피웠다.

"도대체 뭔데에에에에~~~ 맨날 왜 자기 혼자만 알아!"

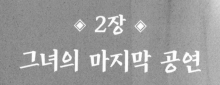

◈ 2장 ◈
그녀의 마지막 공연

　다음 날 줄리어드 임직원 전용 식당에서 레온틴 프라이스와 건을 마주한 린이 주문을 하자, 가만히 그녀를 바라보고 있던 레온틴 프라이스가 호의와 경계를 동시에 담은 눈빛으로 말했다.

　"그래, 판타지오의 마케팅 천재라고 불리는 손린 이사님이 이 늙은이를 찾아오신 이유가 무엇인가요? 케이한테 물어도 모른다고 하더군요."

　건이 손을 가로저으며 말했다.

　"정말 저도 몰라요, 교수님. 병준이 형이 갑자기 오늘 린 이사님이 같이 식사를 하자고 했다고 전달해서 같이 온 것뿐이에요."

두 사람이 이야기를 나누며 자신에게 시선을 집중하자 얼굴에 옅은 미소를 띠고 여유롭게 물 한 모금을 마신 린이 입을 열었다.

"먼저 갑작스럽게 미팅의 아젠다(Agenda)도 선공유하지 못하고 자리를 마련한 점 양해를 부탁드리겠습니다. 미리 계획을 잡고 진행했더라면 더 좋았을 테지만 공연까지 남은 시간이 얼마 없고, 저 역시 갑자기 생각난 아이디어라 조금 급하게 진행하게 되었습니다."

레온틴 프라이스가 살짝 고개를 끄덕인 후 계속 이야기해 보라는 듯 눈짓하자, 린이 손을 가지런히 무릎 위에 얹은 후 말했다.

"교수님, 그리고 건 씨. 이번 공연은 무료 공연이지만, 사실상 아프리카에서 굶주림에 허덕이는 기아들을 위한 모금 공연입니다. 맞습니까?"

두 사람이 동시에 고개를 끄덕이자 그 모습을 확인한 린이 말을 이었다.

"그렇다면 정해진 액수가 아니더라도 공연을 보러 온 사람들은 입구에 설치된 기부금 함에 자신의 사정에 맞는 금액을 넣게 됩니다. 좋은 취지이긴 하나 돈을 내고 본다는 것은 기존 공연과 다를 바 없죠. 맞습니까?"

레온틴 프라이스가 잠시 고민해 본 후 이내 고개를 끄덕이며 말했다.

"의미는 다르지만 보는 관객들 입장에서는 유료 공연과 마찬가지이긴 하지요. 그런데요?"

린이 레온틴 프라이스를 정면으로 마주 보며 물었다.

"하나 묻겠습니다, 교수님. 이번 공연에 사용될 공연장은 줄리어드 스쿨 내에 있는 오페라 공연장으로 이 공연장은 약 1,000석의 관객석이 있습니다. 맞지요?"

레온틴 프라이스가 다시 고개를 끄덕이자 린이 바로 말을 이었다.

"그렇다면 무료 공연에 입장 가능한 관객은 어떻게 선정하셨습니까? 당일 선착순인가요?"

레온틴 프라이스가 잠시 말문이 막혔는지 머뭇거리자 건이 고개를 갸웃하며 물었다.

"왜 그러세요, 교수님?"

"……음."

레온틴 프라이스가 머뭇거리며 말을 하지 못하자 린이 두 사람을 번갈아 보며 말했다.

"건 씨는 이쪽으로는 관심이 없으니 모르시겠죠. 이 공연에 참석하는 분들은 주로 줄리어드에 기부금을 내주시는 분들이거나 사회, 경제적으로 일정 이상의 기반을 다진, 소위 '여유가 있는 사람들'입니다. 사전에 교수님과 학교 측으로 신청을 받아 선정하신 걸로 알고 있습니다. 제가 알고 있는 것이 맞습니까, 교수님?"

레온틴 프라이스가 잠시 건을 본 후 한숨을 지었다.

"휴, 그래요 맞습니다. 아무래도 기부금을 위함이다 보니 경제적 여유가 되는 분들이 필요했죠."

린이 그녀를 똑바로 마주 보며 말했다.

"그 말은 결국 선택받은 부자들만이 볼 수 있는 공연이란 뜻이 맞습니까?"

린이 직설적으로 묻자 생각하지도 못한 말들이 오가는 것을 본 건이 놀라며 물었다.

"예? 그런 거였어요, 교수님?"

건의 질문에 레온틴 프라이스가 당황한 얼굴로 황급히 설명했다.

"보기에 따라서는 그렇게 보일 수도 있겠지만, 내가 의도한 것은 아프리카 기아들에게 한 푼이라도 더 도움이 되고 싶었던 것이에요. 저는 그런 속물로 살아오지 않았습니다. 오해하지 마세요."

린이 한참 레온틴 프라이스를 보며 침묵하다가 이내 양손을 들며 말했다.

"알고 있습니다, 교수님. 당돌한 질문에도 답해주셔서 감사합니다."

레온틴 프라이스가 자신의 머리를 매만지며 당황한 눈빛으로 물었다.

"알아주신다니 다행입니다만, 굳이 여기까지 오셔서 그런 이야기를 하시는 이유를 물어도 될까요?"

린이 서류 가방에서 서류철 하나를 빼 테이블에 올려놓은 후 두 사람을 보았다.

"제게 좋은 생각이 있습니다. 들어봐 주시겠습니까?"

린이 올려둔 서류를 빤히 보던 레온틴 프라이스가 고개를 끄덕였다.

"다른 이의 말에 귀를 여는 것은 교수로서 기본 소양입니다. 말씀해 보세요."

린이 서류철을 열자 건과 레온틴 프라이스의 시선이 서류철 내용에 집중되었다. 가만히 서류철의 맨 앞장을 보던 건이 눈을 동그랗게 뜨고 물었다.

"PPV(Pay-per-view)? 이건 케이블 방송이나 인터넷 TV 서비스에 요금을 과금하는 방식을 말하는 것 아닌가요?"

레온틴 프라이스도 눈을 들어 설명을 요구하는 눈빛을 보내자 린이 서류철을 돌려 두 사람이 더 잘 볼 수 있게 보여주며 말했다.

"맞습니다. PPV는 주로 스포츠 경기에서 많이 쓰이는 과금 방식이죠. 한국에서 학창 시절을 보낸 건 씨는…… 아! 교수님이 계시니 케이라고 부르겠습니다. 케이는 미국에서 자라지 않아서 PPV에 익숙하지 않을 수 있겠습니다만, 미국 사람들은 축구 경기나 UFC, NBA, NFL 등의 스포츠 경기 중 매우 중요하거나 주목도가 높은 경기를 PPV라는 시청권을 사서 보는 것에 익숙합니다."

레온틴 프라이스가 의아한 눈으로 서류를 집으며 말했다.

"맞습니다. 미국은 이런 문화가 자리 잡고 있죠. 그런데 이 이야기를 왜 하시는 거죠?"

린이 살짝 몸을 숙이고 레온틴 프라이스에게 가까이 다가가 눈을 보며 말했다.

"맨 처음 했던 이야기. 제가 아니라 사람들 입에서 나오고 있는 이야기입니다, 교수님. '돈 가진 소수를 위한 공연이라는 말' 말입니다."

"그…… 그런……."

"오해받기 싫으실 겁니다. 본인의 뜻과 다른 오해니까요. 그런데 교수님의 공연은 판타지오 소속의 케이도 함께 출연합니다. 우리 입장에서는 케이까지 함께 그런 오해를 받게 생겨 곤란한 상황이지요."

레온틴 프라이스가 살짝 미안해진 얼굴로 건을 보자, 건이 아니라는 듯 손사래를 쳤다.

"전 괜찮아요, 교수님. 교수님 생각을 다 아는 걸요. 사람들이 오해하는 것은 속상하지만 그런 오해를 받는다고 해서 제가 피해를 본다고 생각하지 않아요. 린 이사님도 그런 오해는 하지 말아주세요."

건이 부탁 조로 이야기하자 린이 아니라는 듯 고개를 저었다.

"제가 오해하는 것이 아니라 사람들이 오해한다는 뜻입니다. 케이."

"그럼 어떡해야 할까요? 방법이 있나요?"

린이 가만히 건을 바라보다 레온틴 프라이스에게로 고개를 돌렸다.

"판타지오는 이번 일로 수익을 남길 생각이 없습니다. 하지만 케이의 소속 회사로서 금전적 수익이 남지 않는 것에 이미지 손상까지 와서는 안 된다는 것이 공식 입장입니다, 교수님. 이해하십니까?"

레온틴 프라이스가 린의 눈을 바라본 후 나지막하게 한숨을 쉬었다.

"휴, 그래요. 이해합니다."

린이 의자에서 등을 떼고 몸을 앞으로 숙이며 그녀의 눈을 바라보았다.

"그럼, 교수님과 케이의 이미지에 손상이 가지 않고, 아프리카 아이들에게는 더 큰 금액의 지원을, 오해하고 있는 사람들에게는 부담 없는 가격에 공연을 볼 기회를 줄 방법이 있다면,

제게 맡겨주시겠습니까?"

놀란 표정의 레온틴 프라이스는 한참 린의 얼굴을 뚫어지게 보았다.

그날 임직원 식당에서는 아주 오랜 시간 셋의 회의가 이어졌다.

♪♫

그날 오후. 판타지오 홈페이지에 뜬 공지를 본 기자들의 손이 바빠졌다.

전 세계는 갑작스레 발표된 판타지오의 뉴스에 주목했다.

[케이의 소속사 판타지오. 오페라 공연 PPV 판매 결정!]

중국 금성투자(JC 그룹) 그룹 산하 연예 기획사 판타지오에 대해서는 이미 세계인에게 잘 알려져 있다. 이들은 한국의 뮤지션 Kay와의 계약을 성공시키며 일약 아시아 최고의 연예 기획사라는 타이틀과 세계에서 가장 주목받고 있는 기획사라는 명성을 동시에 거머쥐었다.

이 판타지오에서 금일 PM 07 : 00에 발표한 공지에 따르면, 12일 후 미국 뉴욕 맨하튼에 위치한 줄리어드 오페라 하우스에서 열리는 레온틴 프라이스 은퇴 공연의 PPV를 판매한다고 한다.

PPV는 Pay-per-view의 줄임 말로 영상 콘텐츠를 유료로 구매하여

보는 방식을 말하며, TV 서비스가 아닌 인터넷 생중계 형식으로 진행할 것임이 발표되었다.

이용자들은 판타지오 홈페이지에서 PPV 구매 후 공연 당일 LIVE 채널로 접속하여 PPV의 번호를 입력하면 라이브 진행 중인 공연을 인터넷으로 시청할 수 있다.

이 공연의 수익금은 PPV 결제 시 드는 3자 결제 수수료 3%를 제외한 전액이 아프리카의 굶주린 기아들을 돕는 모금액으로 전달될 것이라고 한다.

판타지오 측에 따르면 약 1,000석 규모의 오페라 하우스의 공연을 보고 싶어 하는 관객들과, 모금 활동에 도움이 되려 하는 관객들을 모두 모실 수 없기에 이러한 선택을 하게 되었다고 설명하며, 부담 없는 금액으로 볼 수 있도록 PPV 금액을 10 USD라는 싼 가격에 책정했다고 발표했다.

이 뉴스를 본 세계인들이 판타지오 홈페이지를 통해 PPV 판매 일정에 대해 문의하고 있으며, 판타지오 측은 이에 대비해 물리 서버를 증설해 서버 트래픽량을 조절하고 있다.

〈January 03 Die Welt by Germany. Wolfgang Malte〉

수많은 기사가 매일 쏟아져 나오고 세계인이 판타지오 홈페이지에 새로운 공지가 뜨기를 기다렸다.

마침내 첫 공지가 나간 지 이틀째 되는 날 PPV 판매 시작

공지가 걸렸다.

순식간에 서버 트래픽 최고 기록을 찍은 판타지오 서버실 직원들은 바쁘게 날아다니기 시작했다.

"쯔유! 3번 물리 서버 다운이야!"

"제길! 2번도 문제 발생 직전이야, 차라리 셧다운하고 다른 서버로 돌려!"

"19번 서버 트래픽 안정적입니다! 이쪽으로 돌리세요!"

턱을 쓸며 서버실 직원들의 바쁜 모습을 보고 있던 왕하오 회장이 만면에 웃음을 띠고 옆에 함께 서 있는 옌안 이사에게 물었다.

"PPV 판매 개시가 몇 시였지?"

옌안 이사가 손목시계를 힐끔 본 후 답했다.

"지금부터 두 시간 전입니다."

"호오, 그런데 벌써 난리군. 몇 개나 팔렸나?"

옌안 이사가 핸드폰을 들어 메일을 들여다보며 말했다.

"시간별로 보고 받게 되어 있는데, 마지막 보고는 판매 개시한 시간 후였고, 1,932,938장이 나갔다고 합니다."

왕하오 회장이 만족스러운지 크게 웃음을 터뜨렸다.

"하하, 한 시간에 백구십만 장이라? 케이가 대단하긴 하구먼! 돈은 안 남겠지만, 판타지오의 브랜드 마케팅으로서는 최고의 선택을 했어, 역시 손린 이사야."

옌안이 잠시 질투 어린 표정을 지었지만, 이내 승복했는지 한숨을 쉬며 고개를 끄덕였다.

"역시 린 이사는 이길 수가 없네요. 데이터 분석팀의 추측으로는 삼천만 장 이상 판매될 것으로 예측하고 있답니다."

"삼천만 장? 그렇게나 많이? 장당 미화 10불이니 3억 불이군."

옌안이 핸드폰을 다시 들며 고개를 갸웃했다.

"회장님 방금 두 번째 보고가 도착했는데……."

왕하오가 궁금한 표정으로 재촉했다.

"그래? 얼마나 팔렸다고 하나? 아무래도 처음 한 시간보다는 못하겠지?"

옌안이 얼빠진 목소리로 입을 떼었다.

"그것이…… 두 시간 만에 700만 장이 넘게 팔렸다고 합니다……."

"……뭐?"

PPV 판매가 한참이던 날.

밖에서 무슨 일이 일어나든 줄리어드 오페라 하우스에서는 연습이 한창이었다.

오늘만 벌써 처음부터 끝까지 리허설을 네 번이나 진행한 레온틴 프라이스가 이마에서 땀이 흐르는지도 모르고 연습에 매진하였다.

그녀의 공연에 출연할 젊은 학생들도 하나둘씩 지쳐 나가떨어질 무렵에서야 그녀가 박수를 치며 큰 소리로 말했다.

"자! 잠깐 쉬었다 할게요, 학생 여러분! 30분 후 다시 모이겠습니다."

그녀의 말에 화장실도 못 가고 참던 학생들이 반색하며 우르르 오페라 하우스를 나섰다.

학생들과 마찬가지로 땀에 젖어 연습에 매진하던 건도 바닥에 털썩 주저앉으며 한숨을 쉬었다.

"휴, 교수님은 정말 대단하시네요. 젊은 저도 이렇게 힘든데요."

레온틴 프라이스가 곱게 웃으며 바닥에 주저앉은 건에게 다가왔다.

"호호, 나야 이동 동선이 짧아서 그런지 그렇게 힘들지 않아요, 케이는 동선도 길고 옷도 자주 갈아입어야 해서 많이 힘들죠?"

"휴, 그래도 리허설이라 완전히 분장하지는 않아서 다행이죠. 본 공연 때 옷 갈아입으며 분장까지 받으려면 죽어나겠어요, 정말."

"호호, 쉬운 게 아니긴 하죠."

레온틴 프라이스가 무대 앞으로 가 무대 아래로 다리를 내리고 앉은 후 건을 돌아보며 자신의 옆자리를 두드렸다.

"이리 올래요?"

건이 힘겹게 일어나 그녀의 곁으로 가 앉자 손수건을 꺼내 건네는 레온틴 프라이스였다.

"땀 좀 닦아요. 어머나, 많이 힘들었나 보네. 쉬엄쉬엄하지 그랬어요."

건이 힘없이 웃으며 손수건을 받아 들고는 쉼 없이 흘러내리는 땀을 닦았다.

"오페라는 처음이라서요. 거기다 연기도 익숙하지 않으니 계속 불안하네요. 불안하니 연습을 하게 되고요. 교수님은 워낙 베테랑이시라 그럴 일이 없으시겠지만요. 교수님은 무대가 두렵지 않으시죠?"

레온틴 프라이스가 눈을 동그랗게 뜨고 말했다.

"어머, 케이는 무대가 두렵나요?"

건이 그녀의 손수건을 손에 꼭 쥐고 잠시 뜸을 들이다 말했다.

"네, 두려워요, 아직은."

"그래요? 세계 투어도 다녀왔고, 롤라팔루자의 큰 무대도 경험하지 않았나요? 본인의 무대는 아니었다고 하지만 말이에요."

"하하, 맞아요. 음악만 하는 거라면 두렵지 않아요, 하지만 이번 무대는 두렵네요. 더군다나 교수님의 마지막 무대잖아요, 저 때문에 망치면 안 되니까요."

레온틴 프라이스가 건의 옆모습을 찬찬히 보며 물었다.

"나도 두려워요, 케이."

건이 의외라는 듯 눈을 크게 뜨고 그녀를 보았다.

"그렇게 많은 오페라 무대를 가졌던 교수님도 무대의 두려움이란 것을 가지고 계신가요?"

레온틴 프라이스가 고개를 돌려 텅 빈 관객석을 보며 잔잔한 목소리로 말했다.

"무대는 항상 두렵습니다. 열여덟에 처음 섰던 무대도, 그리고 은퇴를 기념하는 지금까지도."

건이 조용히 그녀의 다음 말을 기다리자 한참 무대를 굽어보던 그녀가 말을 이었다.

"두려웠습니다. 그래서 더 연습했죠. 리스크를 고려했고, 리스크를 뚫어낼 임기응변까지 연습했어요. 그러고도 두려워 밤에 잠들지 못하고 반사적으로 대사와 노래를 할 수 있을 때까지 미친 사람처럼 중얼거렸습니다. 그리고 결국 두려움을 떨쳐냈을 때 비로소 나는 무대에 섭니다. 두렵다는 것은 준비가 안 되었다는 거예요. 준비가 끝난 사람은 두려움보다는 설렘을 느끼죠."

건이 동의한다는 듯 고개를 끄덕였다.

"교수님의 말씀이 전적으로 옳아요. 하지만 준비를 열심히 했다고 하더라도, 그 모두가 성공하지는 않잖아요. 그래서 두려움이 생기나 봐요."

레온틴 프라이스의 눈이 초승달을 그리며 웃었다.

"그건 운이 안 좋다거나 실력이 없는 것이 아니에요. 준비에 실패한 거죠. 준비에 실패한 자는 실패를 준비하는 것과 마찬가지예요, 케이. 주어진 시간을 잘못 사용한 것이죠. 시간은 우리에게 주어진 가장 작은 것입니다. 지금 일 분을 소중하게 생각하지 않는 자의 준비는 실패를 위한 준비일 뿐이에요."

건이 그녀의 말에 무언가 느낀 듯 조용히 눈을 반쯤 감고 생각에 빠져들자 그녀가 말을 이었다.

"위대한 행운의 기회는 짧아요. 거리낌 없이 시간을 흘리는 사람은 아직 삶의 가치를 발견하지 못한 것이랍니다. 아까 모두가 성공하지 않는다고 했죠? 승자의 조건은 말이에요, 타고난 재능이나 높은 지능, 감각에 있지 않아요. 승자의 조건은 소질이 아니라 태도랍니다. 태도야말로 승자를 나누는 잣대이지요."

잠시 숨을 돌린 그녀가 다시 말을 이었다.

"예전에 만난 지인이 끊임없이 머릿속으로 성공에 대한 생각을 되뇌라고 하더군요. 아주 오랜 시간, 그 말이 나를 성공하게 만들었다고 착각했어요. 나이를 먹고 보니, 어린 시절 내가 꿈이라는 것을 머릿속으로 생각만 한 것이 아니라 가슴으로 느끼고 손으로 적고 소리 높여 노래했기 때문이라는 것을 알게 되었답니다."

레온틴 프라이스가 열정적으로 말을 이어나갔다.

"단 하루의 시간도, 단 일 분의 시간도 헛되이 쓰지 마세요. 아! 그렇다고 스스로에게 휴식을 부여하지 말라는 것이 아닙니다. 휴식 시간은 아주 중요해요. 하지만 그 휴식은 더 날아오르기 위한 움츠림이어야 해요. 쉬기 위해 쉬는 것이 아닙니다. 더 높이 날기 위해 쉬는 것이에요."

깊은 생각에 잠겼던 건이 한참 만에 눈을 떠 그녀를 바라보았다.

"고맙습니다, 교수님."

레온틴 프라이스가 입을 가리며 웃었다.

"호호, 주책을 부렸네요. 나이를 먹고 나니 젊은 사람들이 조금이라도 덜 방황했으면 하는 마음에 잔소리만 늘어가는 것 같아요. 늙은이의 잔소리를 진지하게 들어줘서 고마워요, 케이."

건이 허리를 바로 세우고 고개를 저었다.

"아니에요, 큰 도움이 되었어요. 그리고 오페라의 시나리오를 보고 교수님의 인생에 대해 깊이 고찰하게 된 덕도 있는 것 같고요. 시나리오를 처음 보고 정말 생각지도 못한 고생을 하신 것을 안 후에 많이 놀랐어요, 교수님."

레온틴 프라이스의 눈빛이 아련하게 바뀌었다. 다시 텅 빈 관객석을 본 그녀가 나지막하게 말했다.

"그때는 모두가 그렇게 살았죠. 나뿐만이 아니란 말이에요. 격동의 1920년대에는 경제 대공황이, 내 나이 열 살 때에는 제2차 세계 대전이 시작되어 열여덟 살이 되어야 끝났죠. 이십 대의 마지막에는 베트남전이 일어났고요. 그 시절을 살던 사람들은 모두가 겪었고 버텨왔던 시절이랍니다."

건이 그녀의 쪼글쪼글한 손을 잡으며 빙그레 웃음을 지었다.

"기분 나쁘실지 모르겠지만 돌아가신 우리 할아버지도 20년대 생이셨어요. 미국이 아닌 일제 강점기 때부터 살아오신 할아버지와 비슷한 나잇대라는 것을 알고 깜짝 놀랐답니다."

레온틴 프라이스가 곱게 눈을 흘기며 웃었다.

"난 마음만은 아직 청춘이에요. 할아버지가 돌아가신 것은 유감이지만 나와 비교하면 서운합니다, 호호."

"하하, 아니에요. 대단하시다고 생각했던 것뿐이에요."

"호호, 고마워요. 아? 저기 손린 이사님 아니신가요?"

레온틴 프라이스의 말에 입구 쪽으로 고개를 돌린 건의 눈에 아쿠아블루 계열의 블라우스를 입고 검은 하이웨이스트 스커트를 입은 린이 들어왔다.

"이사님! 오셨어요?"

린은 자신의 뒤를 따라오던 동양 직원 두 명을 힐끔 보며 웃음 지었다.

"역시 예상대로 땀범벅이 되어 연습하고 계셨네요. 음료수를 가져왔으니 나눠 드세요. 직원분들은 무대 아래에 음료수를 두고 나가보세요."

재빨리 음료가 든 박스를 내려두고 밖으로 나가는 직원들을 보던 린이 고개를 돌리며 옆구리에 끼고 있던 태블릿 PC를 들어 보였다.

"두 분. 관심 없는 척하고 계시지만 솔직히 궁금하시죠? PPV 판매 말이에요."

건과 레온틴 프라이스가 서로의 얼굴을 보며 웃음 짓자 린이 다가오며 태블릿 PC를 터치한 후 액정 화면을 보여주었다.

화면 안에는 직선형 그래프가 있었는데 일정한 기울기로 상승하는 곡선이 그려진 것이 보였다.

"누적 판매 수가 매일 증가하고 있다는 뜻이에요. PPV 판매는 성공적이죠."

건이 궁금하다는 듯한 눈빛을 지으며 물었다.

"사실 오늘 아침 병준 형에게 듣기는 했는데 700만 장이나 나갔다면서요?"

레온틴 프라이스가 처음 듣는 정보에 경악한 눈으로 소리쳤다.

"네? 700만 장이라니요, 이사님? 사실인가요?"

린이 눈웃음을 짓자 레온틴 프라이스가 눈을 크게 뜨고 건을 보았다. 싱그럽게 웃고 있는 아름다운 건의 모습이 그녀의 눈동자에 가득 들어왔다.

"네, 교수님. 정말이래요. 교수님의 마지막 공연인데 많은 사람이 보게 되어서 다행이에요. 또 많은 아프리카 아이들에게 도움을 줄 수 있어서 저도 만족스러워요."

레온틴 프라이스가 아직 정신을 차릴 수 없었는지 여전히 눈을 크게 뜨고 건과 린을 번갈아 보았다.

"세…… 세상에…… 700만 장이라니."

린이 고개를 살짝 저으며 말했다.

"병준 실장은 정확한 판매량을 전달 드린 것이 아니에요. 제가 정식으로 알려 드린 바 없으니 아마 본사에 친한 선후배에게 건너 전해 듣고 말해준 것일 겁니다."

레온틴 프라이스가 그럴 줄 알았다는 듯 혀를 찼다.

"쯧, 그렇죠? 그럴 리가 없잖아요? 호호"

자신이 전해 들은 말이 정확한 판매량이 아니라는 말에 괜한 희망을 준 것 같아 미안한 마음이 든 건이 머뭇거리자, 린이 미소를 지으며 무대 아래서 위를 보며 더 가까이 다가왔다.

"케이가 미안해할 이유는 없으니 그런 표정 짓지 마세요."

건이 민망한 듯 볼을 붉히며 레온틴 프라이스의 눈치를 보았다.

"그래도…… 뭔가 괜한 기대감을 드린 후 실망하게 해드린 것 같아서 죄송하네요."

레온틴 프라이스가 건의 팔을 툭 치며 웃었다.

"실망이라니요, 호호. 처음부터 믿지도 않았어요, 700만이라니요, 호호. 제 인생에 가장 성공한 오페라 공연인 '아이다'도 3개월 공연 누적 관객이 100만 명을 겨우 넘었는걸요. 물론 그것만으로도 기록적이라 찬사를 받았던 걸요? 호호."

서로 위로를 건네거나 농담을 건네고 있는 두 사람을 조용히 번갈아 보며 웃음 짓던 린이, 건을 올려다보며 태블릿 PC를 건넸다.

"자료는 여기에 있습니다. 저는 밖에 있는 병준 실장님과 잠시 이야기를 나눌 테니 두 분이 확인하세요."

"아, 감사해요, 이사님."

건이 그녀가 내민 태블릿 PC를 받아 들고는 레온틴 프라이스와 함께 보기 위해 그녀에게 엉덩이를 붙이고 가까이 앉은 후 화면을 보았다.

〈판타지오 데이터 리포트 : 오페라 공연 PPV 판매 현황〉

판매 1일 차 현황 : 9,363,123

판매 2일 차 현황 : 11,253,533

판매 3일 차 현황 : 17,368,112

3일 차 총 판매 현황 : 37,984,768

남은 판매 기간 3일.

예상 판매량 : 오천만 장.

건과 레온틴 프라이스가 턱이 빠져라 입을 벌리고 린이 나간 문을 보았을 때는 이미 열렸다 닫힌 문이 덜컥거리는 모습만이 보였다.

말을 잇지 못하고 눈을 파르르 떨며 액정 화면에 시선을 고정한 레온틴 프라이스를 본 건이 떨리는 목소리로 중얼거렸다.

"우리나라 국민 수랑 비슷해질지도……."

건의 말에 떨리는 손으로 자신의 이마를 매만지는 레온틴 프라이스였다.

뉴욕 JFK 국제공항(JFK International Airport).

장시간의 비행에 피곤해 보이는 노면이 작은 캐리어를 끌며 차가운 겨울의 계절을 말해주는 입김을 뿜었다.

입국 심사를 마치고 공항 문을 나선 그가 한 켠에 보이는 홉

연 부스로 가 담배를 입에 물고는 불을 붙였다.

장시간 담배를 태우지 못한 후 처음 태우는 담배 덕에 순간적으로 어지러웠던 그가 잠시 눈을 감고 균형을 잡은 후 손가락에 끼운 담배를 내려다보며 얼굴을 찌푸렸다.

"끊어야 하는데……."

말과는 다르게 다시 담배를 입으로 가져간 그의 품에서 진동이 울리자, 안주머니에서 전화기를 꺼내 액정을 확인한 그가 반색하며 전화를 받았다.

"어, 날세. 지금 내렸지. 아브라함, 자네는 어디인가?"

"예, 선생님. 공항 주차장입니다. 몇 번 게이트 쪽 출구신가요?"

"어, 여기 흡연실이네. 23번 게이트와 24번 게이트 사이에 있는."

"네, 선생님 곧 가겠습니다. 잠시만 기다려 주세요."

전화를 끊은 노먼이 흡연실 부스 창문 밖으로 비친 뉴욕의 모습을 보며 연기를 내뿜었다.

'3년 만인가? 아니, 조금 더 넘었구나. 브롱스 동물원 공연 때가 마지막 방문이었으니까.'

잠시, 3년 전 브롱스 동물원에서의 진행되었던 공연을 떠올려 본 노먼이 소름이 돋은 자신의 팔을 내려다보았다.

'생각만으로도 아직 몸에 소름이 돋는다. 3년이 지났지만 그

때의 감동이 잊혀지지가 않아.'

자신의 팔을 내려다보며 몸을 부르르 떨던 노먼의 눈에, 공항 앞 횡단보도를 빠르게 뛰어오고 있는 뿔테 안경을 쓴 갈색 머리의 남자가 들어왔다. 담배를 비벼 끈 노먼이 흡연 부스의 문을 열며 손을 들고 외쳤다.

"아브라함! 여기네!"

노먼과 눈이 마주치자 환하게 웃음을 지은 아브라함이 소리치며 달려왔다.

"선생님! 이게 얼마 만입니까! 하하하하!"

양팔을 벌리고 뛰어온 아브라함이 노먼과 포옹하자 마주 안아준 노먼도 빙그레 웃음을 지었다.

"그래, 잘 지냈나?"

"그럼요, 선생님! 자, 차로 가시죠."

"그러지. 데리러 와줘서 고맙네."

"하하, 뭘요. 당연히 해야죠. 자, 가시죠."

주차장까지 셔틀버스를 이용한 두 사람이 아브라함의 고급 승용차에 올랐다.

노먼의 짐을 트렁크에 실어준 아브라함이 운전석에 앉아 조수석의 노먼을 보며 말했다.

"고생하셨습니다. 런던에서 여기까지 오시기가 힘드셨을 텐데요. 하하, 케이가 영국에서 공부했다면 좀 나았을 텐데 미국에서 공부하는 학생이라 선생님이 고생이 많으시네요."

노먼이 빙그레 웃었다.

"허허, 그러게 말이야. 나도 이제 나이를 먹었는지 장시간 비행이 쉽지 않군. 케이는 어디 있나?"

아브라함이 지겨운 표정을 지으며 말했다.

"줄리어드에서 연습 삼매경이지요. 기자들이 줄리어드 앞에서 매일 진을 치고 있습니다만, 판타지오 측에서 미리 기자들의 접근을 차단하고 있습니다. 케이의 연습 시간에 줄리어드 오페라 하우스는 이십 명이 넘는 경호 인력들이 지키고 있고요. 판타지오 놈들도 웃기는 것이 미리 인터뷰를 잡지 않으면 만날 수 없다고 말하고 있는데, 막상 정식 절차를 밟고 인터뷰 요청을 하면 케이가 연습 때문에 바빠서 인터뷰를 진행할 여력이 없다는 말만 반복한다니까요. 대중의 알 권리를 뭐라고 생각하는 건지."

노먼이 어이없다는 웃음을 지으며 말을 받았다.

"대중의 알 권리를 위해 개인의 인권과 비밀 보장을 어기는 것은 기자들 쪽이지 않은가? 그게 무슨 소리야, 하하. 완벽한 공연을 위해 연습하는 뮤지션이 인터뷰 시간을 내어주지 않는 것이 대중의 알 권리를 침해하는 것인가? 하하, 웃기는 소리도 작작하게나."

아브라함이 장난스러운 표정을 지었다.

"하하, 웃자고 하는 말입니다. 저 같은 기자들은 케이 같은 사람들이 기사를 안 주면 밥을 굶으니까요."

노먼이 마주 웃으며 안전벨트를 매었다.

"허허, 혹시라도 자네가 취재하는 사람들 귀에 그런 소리는 안 들어가게 하게나. 다시는 인터뷰 자리 못 따내는 수가 있으니."

아브라함이 시동을 걸며 웃었다.

"하하, 그래서 제가 선생님이 오신다는 이야기를 듣자마자 연락 드린 것 아니겠습니까? 선생님 옆에서 케이 얼굴이나 함께 보고 질문이라도 몇 개 던지면 기삿거리라도 건질까 싶어서요."

그 말에 노먼이 황당한 눈으로 아브라함의 옆모습을 보며 말했다.

"뭐라고? 자네, 내가 브롱스 동물원에서 한 공연 때도 케이의 얼굴은커녕 그림자도 못 보고 왔다는 것 모르나? 개인적인 친분은 없다네. 나도 그저 공연을 보러 온 것이야. 물론 이렇게 빨리 들어온 것은 미리 그를 만날 수 있을까 하는 기대감도 없지 않아서지만 말일세."

아브라함이 핸들을 치며 웃었다.

"하하, 그러니까요. 어쨌든 트라이하실 것 아닙니까? 기자 나부랭이인 저보다야 선생님 쪽을 만나줄 가능성이 높지요. 이거 계획적인 호의입니다?"

"뭐? 허허허허. 이거 당했구먼."

노만의 반응에 아브라함이 시동을 걸고 천천히 차를 출발시키며 말했다.

"어느 호텔이십니까?"

노먼이 손목에 걸린 시계를 힐끔 본 후 고개를 저었다.

"호텔로 가기에는 이른 시간이구먼. 줄리어드로 가세."

아브라함이 고개를 획 돌리며 반색한 얼굴로 말했다.

"예? 지금 바로 가보시려고요?"

"허허, 만날 수 있을지 없을지 모르지 않나, 매일 가서 얼굴 들이밀다 보면 한 번은 만나주겠지. 그냥 기대 없이 가서 한 번 청해보고 안 되면 밥이나 먹고 가세."

"하하…… 참 천하의 비평가 노먼 레브레히트를 문전박대할 수 있는 뮤지션이라니. 부럽군요."

"허허, 문전박대는 아니지. 내가 온 것 자체가 전달되지 않은 것일 테니까. 그리고 내가 그리 대단한 사람은 아니라네. 그저 좋은 비평을 써달라고 아부하는 뮤지션들이 미리 시간을 내어주는 것뿐이지."

노먼은 그 말을 마지막으로 피곤한지 창밖으로 시선을 던졌다가 서서히 잠이 들었다. 한참 후에야 줄리어드 앞에 도착한 아브라함이 곤하게 잠이 든 노먼을 흔들었다.

"선생님. 도착했습니다."

"어…… 응? 아, 그래. 빨리 왔구면."

"하하, 한 시간이 넘게 주무셨어요. 정말 많이 피곤하셨나 봅니다."

"벌써 시간이 그렇게나 지났는가? 허허 이것 참."

웃음을 지으며 먼저 내린 아브라함이 조수석으로 달려와 문을 열어주자 노먼이 피식 웃으며 내렸다.

"아부의 끝을 보여주는구면, 아브라함."

아브라함이 뻔뻔한 웃음을 지었다.

"하하, 이렇게라도 해야 케이를 만날 기회가 있을 때 동석하게 해주실 것 아닙니까?"

"허헛, 대놓고 뻔뻔하니 뭐라고 하지도 못하겠군."

"후후, 가시죠."

지하 주차장에서 오페라 하우스로 이동하던 그들은 곧 검은 정장을 입은 보안 요원에게 제지당했다.

보안 요원들은 미리 방문객에게 위압감을 주지 말라는 지시를 받았는지 정중한 어투로 말했다.

"이곳은 곧 있을 오페라 공연의 연기자들이 연습을 하고 있어, 일반인의 출입이 한시적으로 금지된 곳입니다. 죄송합니다만, 다른 쪽 통로를 이용해 주시기 바랍니다."

노먼이 예상했다는 듯 품 안에서 명함 한 장을 꺼내 보안 요원에게 건넸다.

명함을 받지 않고 내려다보고 있던 보안 요원이 눈을 들고 물었다.

"이게 뭡니까?"

노먼이 피식 웃으며 명함을 흔들었다.

"가서 케이에게 내가 찾아왔다고 말만 전해주시겠습니까? 이름은 명함에 있고요. 부탁드립니다."

정중하게 건네는 부탁을 매몰차게 거절하기 어려웠는지 명함을 받아 든 보안 요원이 무전기를 들었다.

"치직, 여기는 지하 주차장 3구역입니다. 케이를 찾는 손님이 계십니다. 성함은 노먼 레브레히트 씨이고, 영국에서 오신 음악 비평가라고 합니다. 의사 타진 바랍니다."

"치직. 기다려."

무전기를 든 채 두 사람을 바라보는 보안 요원을 아래위로 보던 아브라함이 조용히 말했다.

"저기 선생님. 만약에 케이가 만나주겠다고 하면 키스카 미오치치도 함께 볼 수 있을까요?"

다가온 아브라함에게 고개를 내민 노먼이 물었다.

"키스카 미오치치라면, 이번에 발표한 케이의 신곡 가사를 썼다는 어린 천재 말이지? 인터넷에 케이에게 안긴 귀여운 꼬마 아이 사진을 본 적 있지."

"맞습니다, 선생님. 연예인이 아닌 꼬마인데 지금 주목도가 엄청나거든요. 너무 예쁘고 귀엽게 생겼고, 거기에 케이보다도 더 어린 천재니까요."

"글쎄. 이번 오페라 공연에도 참여한다지?"

"예. 전체적인 음악 감독은 존 코릴리아노 교수가, 시나리오는 레온틴 프라이스 교수가 직접 썼고, 키스카 미오치치는 존 코릴리아노 교수의 곡에다 시나리오에 맞는 가사를 입히는 작업에 참여했다고 합니다. 열 살짜리 꼬마가 오페라 공연에 쓰이는 곡의 가사를 쓰다니요. 제 딸은 동요 가사도 못 쓰는데 말이죠."

"허허, 천재라는 족속들은 언제나 범인들의 상상을 뛰어넘지. 혹시 연습실에 키스카 미오치치가 케이와 함께 있다면 청해보자고."

"치칙. 정중히 모시고 와."

마침내 보안 요원의 무전기에서 반가운 소리가 흘러나오자 자기도 모르게 손을 번쩍 들어 올린 아브라함이 환희에 찬 고함을 질렀다.

"아싸! 역시!"

노먼 역시 케이와 첫 대면을 한다는 것이 설레기도 하고 기쁘기도 해서 함박웃음을 지었다.

보안 요원의 안내에 따라 오페라 하우스 옆에 딸린 카페에 앉은 두 사람이 통제로 인해 텅텅 빈 카페를 두리번거리며 두

근대는 가슴으로 건을 기다렸다.

약 삼 분가량의 시간이 지나고 오페라 하우스의 뒷문이 열리며 아름다운 얼굴의 청년이 나오자 그 모습을 보던 아브라함이 숨을 멈췄다.

"헙……."

주위에 아무도 없었기에 문을 열자마자 자신들과 눈을 마주친 너무 아름다운 남자가 환하게 웃었다.

긴 팔다리는 서양인과 다를 것이 없었지만, 근육이 우락부락한 서양인들에 비해 슬림해서인지 더욱 길어 보이는 남자가 자신을 향해 뚜벅뚜벅 걸어오자 아브라함이 자신도 모르게 숨을 들이마셨다.

'헙…… 무, 무슨 남자가 저렇게 아름답게 생겼어?'

건이 다가오자 노먼이 만면에 웃음을 띠며 자리에서 일어나 손을 내밀었다.

"허허, 케이. 반갑습니다. 노먼 레브레히트입니다."

건이 그의 손을 힘 있게 맞잡으며 웃음을 지었다.

"반갑습니다. 말씀 나눠보는 것은 처음이죠?"

"허허, 그렇게 되었네요. 이야기를 나눌 수 있게 배려해 주셔서 감사합니다. 앉으시지요."

건이 노먼이 권한 자리에 앉으며 아브라함을 돌아보자 노먼이 그의 등을 만지며 말했다.

"우선 미리 말씀드리겠습니다. 이쪽은 아브라함이라고 하고, 뉴욕 헤럴드의 기자입니다. 혹시 기자와의 동석이 불편하십니까?"

건이 고개를 저으며 아브라함에게 손을 내밀었다.

"아닙니다. 반갑습니다, 아브라함 씨."

건의 인사에 아브라함이 황송한 표정을 지으며 건이 내민 손을 맞잡았다.

"아이고, 반갑습니다. 동석이 불편하다고 하셨으면 자리를 피해 드렸을 겁니다. 허락해 주셔서 감사하고요."

건이 말없이 웃음을 짓자 기회다 싶었던 아브라함이 다급히 말했다.

"혹시 허락하신다면 오늘의 만남에 관해 기사를 써도 될까요? 불편하시다면 제 이름을 걸고 어떤 글도 쓰지 않겠다고 약속드리겠습니다."

건이 이를 드러내고 웃었다.

"쓰셔도 됩니다. 안 그래도 기자분들의 인터뷰 요청을 너무 피하기만 해서 마음에 걸렸거든요."

"하하, 감사합니다. 그럼 실례를 무릅쓰고 녹음을 좀 하겠습니다."

아브라함이 핸드폰을 테이블 위에 올려두고 녹음 기능을 켜는 것을 보고 있던 건이 노먼을 보며 입을 열었다.

"브롱스 동물원의 공연에도 오셨었지요? 그날 아주 늦게 전달받아서 뵙지 못했어요."

노먼이 그날 보안 요원이 자신의 말을 잘 전달했음을 알고 너털웃음을 터뜨렸다.

"허허, 그랬군요. 난 그때 내가 부탁한 보안 요원이 미처 전달하지 못한 줄로만 알았습니다."

"하하, 조금 늦었지만, 정확히 전달받았어요. 영국에서 미국까지 오셔서 공연을 관람해 주셨는데 얼굴도 뵙지 못해서 죄송했어요."

노먼이 연륜이 느껴지는 푸근한 웃음을 짓자 그 모습을 본 건이 살짝 미소를 지었다.

"그런데 영국에서의 투어 때 도전적인 눈빛으로 지켜보던 노먼 씨의 모습과 지금의 모습이 너무 달라 적응이 안 되네요. 하하."

노먼이 자신의 머리를 긁적이며 계면쩍은 표정으로 말했다.

"아…… 그때 그 기사는…… 제가 정식으로 다시 사과를 드리지요. 미리 정확한 정보도 알아보지 않고 성급하게 쓴 기사라는 것을 인정합니다."

건이 아니라는 듯 손사래를 치며 말했다.

"그때 정정 기사를 내신 것을 읽어 봤어요. 다시 사과하지 않으셔도 됩니다. 노먼 씨."

"그냥 노먼이라고 부르세요. 나도 케이라고만 부르지 않습니까, 허허."

"하하, 네. 노먼."

분위기가 화기애애해지자 아브라함이 슬슬 눈치를 보기 시작했다.

그것을 본 건이 피식 웃으며 손목시계를 보았다.

"오시기 전에 네 시간가량 쉬는 시간 없이 연습을 해서 이번 쉬는 시간은 좀 길어요. 눈치 보지 마시고 질문할 것이 있으시면 하세요, 아브라함."

아브라함은 건이 눈치 빠르게 허락의 뜻을 비춰주자 노먼을 보았다.

노먼이 미미하게 웃으며 고개를 끄덕이는 것을 본 아브라함이 조심스럽게 물었다.

"저…… 그럼 키스카 미오치치 양은……."

키스카에 대해 최대한 숨겨야 했던 건이 미리 준비했던 대로 일부러 아쉽다는 눈빛으로 말했다.

"아쉽지만 키스카는 여기 없어요. 코릴리아노 교수님과 작업 중입니다."

아브라함이 안타까운 눈빛을 보냈지만 이내 세차게 고개를 저은 후 말했다.

"아, 아닙니다. 갑자기 요청한 제 잘못이지요. 그럼 케이에게 몇 가지만 질문드리겠습니다."

"네, 말씀하세요."

"케이의 행보는 항상 파격적입니다. 엄청난 미남에 그를 받치고 있는 천재적 음악 재능은 이러한 파격적 행보로 인해 더욱 빛이 나고 있죠. 이번 오페라 공연에서 PPV를 판매한다는 아이디어 역시 판타지오의 손린 이사의 생각이었나요?"

건이 웃음을 지으며 말했다.

"네, 맞습니다. 제가 한 공연 중 화제가 된 공연이나 영상물들은 손린 이사님의 손을 거친 것들이 많죠."

"그럼 케이는 음악의 천재, 키스카 미오치치는 문학 천재, 손린 이사는 마케팅 천재라고 볼 수 있겠군요. 한 곳에 세 명의 천재가 모여 있으니 화제가 안될 수가 없겠습니다."

"하하, 과찬이십니다."

"하하, 과찬이라고 생각하는 것은 케이뿐일 것 같군요. PPV 판매고에 대해 판타지오 측에서 정식 발표가 없는 상태입니다. 어느 정도 판매되었는지 혹시 아시나요?"

건이 잠시 고민하는 표정을 지었다.

"음…… 알기는 합니다만, 이 부분은 정식 발표 전에 제가 말씀드려서는 안 될 것 같아요. 죄송합니다."

"아, 아닙니다. 그럴 수 있지요. 사과하실 부분은 아닙니다. 아직 복학 전이신데 미리 미국에 오셔서 공연에 참여하시는 이유가 있나요?"

"네, 실은 제대하고 미국에 일찍 돌아와 그동안 굳어버린 손도 풀 겸 연습에 매진할 계획이었어요. 그러다 평소에 존경해 마지않는 레온틴 프라이스 교수님께서 은퇴 공연을 준비하고 계신다는 것을 알게 되었고, 도움이 되고 싶어 참여하게 되었습니다."

"그러셨군요. 이번 공연은 어떤 것을 주제로 하는 공연인가요?"

"격동의 세월을 오페라 디바로 살아오신 레온틴 프라이스 교수님의 일생에 관해 이야기하는 공연입니다."

"그렇군요. 그럼 케이는 그 공연에서 어떤 역할을 맡은 것인가요?"

건이 슬쩍 웃음을 지으며 고개를 저었다.

"그건 비밀입니다. 당일에 와서 보세요."

아브라함이 울상을 지으며 말했다.

"가서 볼 수 있다면 좋았겠지만, 저는 노먼 선생님과 달리 입장할 기회를 받지 못했습니다. 아, 대신 PPV는 샀지요."

"하하, 고객님이셨군요?"

"예? 고객님이요? 하하하."

잠시 웃음을 짓던 아브라함이 기다리고 있는 노먼을 슬쩍 본 후 말했다.

"한정된 시간이라서 노먼 선생님도 하고 싶은 이야기가 많으실 테니 마지막으로 하나만 묻겠습니다. 기자들 간에 음성적으로 오가는 정보로는 PPV의 판매고가 상상을 초월할 것으로 예상하는데, 혹시 그 이유를 아십니까?"

건이 입술을 삐죽 내밀며 잠시 생각하는 듯하다 고개를 저었다.

"글쎄요, 저도 잘 모르겠습니다. 혹시 아시나요?"

아브라함이 빙그레 웃으며 입을 열었다.

"첫 번째 이유는 바로 당신이 케이기 때문입니다. 3년이 넘는 시간 동안 활동하지 않은 천재의 귀환이라는 점에서 큰 주목을 끌고 있죠. 두 번째는 이 공연의 PPV가 스포츠 경기의 그것보다 훨씬 저렴하다는 것입니다. 세 시간가량의 공연을 보는 가격치고는 매우 저렴하죠. 세 번째는 하나의 티켓을 구매해 여러 사람이 한 집에 모여 보는 스포츠 경기의 PPV와는 달리 수익의 100%를 아프리카 아이들을 돕는데 사용한다는 것입니다. 친구 집에 모여서 보는 사람들도 기아 돕기에 참여하고 싶어 각기 모두 티켓을 구매하고 있는 실정이지요."

건이 놀랐다는 듯 고개를 끄덕였다.

"역시 기자분이라 날카로우시네요. 세 번째는 전혀 예상하지 못했어요."

아브라함이 건의 얼굴을 직시하며 말을 이었다.

"더 대단한 것은 이 모든 것이 판타지오의 손린 이사 머리에서 나온 것이라는 겁니다. 모르긴 해도 분명 그녀는 이러한 부분을 모두 계산하고 움직였을 것이라는 게 기자들 사이의 정설입니다."

노먼이 고개를 깊이 끄덕였다.

"그럴 만하지. 아마 그녀는 내가 본 어떤 마케터보다도 대단한 수완을 가졌을 테니 말이야."

건은 이미 린에 대해 놀랄 만큼 놀란 상황이라 별말 없이 미소를 지었다. 질문과 전달을 마친 아브라함이 노먼을 보며 감사의 눈짓을 보내며 말했다.

"제게 시간을 내어주셔서 정말 감사합니다. 노먼 선생님, 케이."

"하하, 아니에요. 좋은 정보를 받은 건 오히려 제 쪽인 것 같네요."

노먼이 빙긋 웃으며 주위를 환기시켰다.

"자, 그럼 이 늙은이의 질문도 좀 받아주시오."

건이 자세를 바로 한 후 경청하는 자세를 취하자 빙긋 웃은 노먼이 입을 열었다.

"서양인의 생각으로 이해되지 않는 부분도 많지만, 나이 많은 이의 말을 들을 때 귀를 기울여주는 모습은 참 좋은 문화 같습니다. 그…… 위, 윗사람? 나이가 많은 사람을 윗사람이라고 부르는 것은 잘 적응되지 않지만요, 허허."

건이 그저 미소만 짓자 노먼이 말했다.

"오페라 공연 준비가 힘들지는 않았습니까? 처음 도전하는 것인데요. 오페라는 연기까지 해야 하니, 적응이 쉽지 않으셨겠습니다."

건이 한숨을 쉬며 웃었다.

"휴, 엄살 피우는 성격은 아닌데, 이번 연습은 정말 힘들긴 했어요. 연기라는 것이 어렵긴 하더군요. 그냥 노래만 집중해서 하기도 어려운데 말이죠."

"그래도 선생님이 평생 오페라의 디바로 불리던 레온틴 프라이스라 케이에게는 다행일지도 모르겠습니다. 많이 배우고 자기 것으로 만드세요."

"네, 노먼. 그렇게 하겠습니다."

"이제 공연이 며칠 남았지요?"

"한 열흘 정도 남았어요. 처음부터 끝까지 세 시간가량의 공연이다 보니 열흘의 시간도 부족하게 느껴지네요. 노먼은 공연장에 초대를 받으셨나요?"

"허허, 받았습니다. 사실 재산가인 친구 덕에 빌붙어 들어가는 것이긴 하지만요, 허허."

"하하, 다행이네요. 공연장에서 꼭 뵙길 바라겠습니다."

"허허, 그래요. 아 이런. 너무 많은 시간을 뺏었던 것 같습니다. 어서 들어가 보세요."

건이 노먼의 말을 듣고 시계를 본 후 자리에서 일어나며 손을 내밀었다.

"네, 오늘 반가웠습니다. 노먼, 아브라함."

노먼이 빙그레 웃으며 건의 손을 맞잡았지만, 아브라함은 서양인답지 않게 고개를 숙이며 건의 손을 잡았다.

갑작스러운 아브라함의 태도에 건이 놀란 표정을 짓자 넉살 좋은 웃음을 보이는 아브라함이 말했다.

"하하, 다음번에 또 불러주십사 하고 적극적으로 아부하는 겁니다. 자, 여기 제 명함입니다. 언제든 언론의 힘이 필요할 때 도와드릴 테니 연락 주세요."

건이 아브라함의 명함을 받아 들고 찬찬히 읽어본 후 셔츠 상단 주머니에 넣고는 고개를 끄덕였다.

"알겠습니다, 꼭 연락 드리죠. 오늘 반가웠습니다. 많은 시간 함께하지 못해 죄송했고요. 그럼 다음에 뵐게요."

"허허, 별말씀을. 만나 뵙게 되어서 기뻤습니다. 어서 들어가세요."

"다음에 또 뵙겠습니다!"

건이 연습실로 들어가자 온몸에 힘이 빠지는 기분이 든 아브라함이 카페 소파에 털썩 주저앉았다.

"화앗! 케이랑 단독 인터뷰라니…… 다른 기자들이 알면 날 죽이려고 하겠군요."

노먼이 그의 옆자리에 앉아 웃음을 짓자 아브라함이 노먼에게 바싹 다가가 물었다.

"그런데 노먼 선생님. 케이는 아직 이십 대 초반인데 벌써 아우라가 장난 아닌데요, 처음 보셨을 때부터 저랬나요?"

노먼이 눈을 감고 잠시 처음 건을 보았을 때를 떠올렸다. 작게 웃음을 지은 노먼이 눈을 떴다.

"음, 그랬지. 사실 처음 영국에 투어를 왔던 케이를 보는 내 첫인상은 그저 애송이였네. 인종에 대한 편견은 없었으니 동양인에 대한 무시는 없었지만, 너무 어렸거든. 애송이가 다른 사람도 아닌 전설로 남은 기타리스트 다임 백 데럴을 재현한다고 설치니 기분까지 나빠지더군. 하지만 말이야, 첫 곡의 연주가 시작되고 난 직후, 난 한 사람의 팬이 되어 버렸다네. 그래서 케이가 공연하는 곳이라면 어디든 쫓아다니고 있고 말이야. 처음부터 그랬네. 아우라라고 해야 하나…… 아니면 카리스마라고 해야 하나…… 직접 만나보면 저렇게 착한 보통의 청년인데 음악을 할 때만은 완전히 다른 사람인 것 같단 말이야."

아브라함이 자기도 모르게 녹음 중인 핸드폰을 내밀며 물었다.

"어떻게 다른가요?"

노먼이 건이 들어간 오페라 하우스의 닫힌 문을 한참 바라본 후 입을 뗐다.

"뭐랄까…… 마치 몸속에 음악의 천사나, 악마가 들어온 느낌이랄까? 자네도 지금 봐서 알겠지만, 저 친구 성격 좀 보게. 거만하거나 건방진 태도는 전혀 없지 않은가? 하지만 무대에 설 때 뿜어내는 자신감을 떠올려 보게. 자네도 투어 비디오를 본 적 있겠지? 아시아 쪽의 공연에서 케이의 존재감은 다른 밴드 멤버들을 잡아먹다시피 하지 않았는가. 자네가 아는 록 스타들을 떠올려 보게. 그들의 성격과 케이의 성격을 비교해 보면 금방 답이 나올 테니까."

아브라함이 고개를 크게 끄덕였다.

"맞아요. 저렇게 담백하고 겸손한 사람이라는 것은 소문으로 들어서만 알고 있었지, 실제로 보니까 더 좋은 사람 같군요. 세계적인 인기를 얻는 뮤지션이라고 보기에는 그저 옆집에 사는 멋지고 인기 많은 대학생 정도랄까요?"

"허허, 그렇지. 그런데 아까도 말했다시피 무대에만 서면 사람이 완전히 달라지니, 내 기대를 안 할 수가 있겠나? 모르긴 해도 이번 공연도 대단할 게야."

공연 당일.

공연 시간은 오후 6시부터였지만 미리 아브라함을 만나 제이제이스 맨하탄(JJ's Manhattan)에서 그릴 요리를 맛보고 있던 노먼이 막 구워 나온 새우의 껍질을 까며 말했다.

"허허, 오랜만에 오는 가게인데 맛이 변하지 않았구먼, 자네도 좀 들게. 여긴 새우가 맛있다네."

아브라함이 노먼이 내민 바삭하게 구운 새우구이를 받아 들며 연신 웃음을 짓자 노먼이 피식 실소를 지었다.

"그리 좋은가? 케이 인터뷰 덕에 회사에서 칭찬을 많이 받았다면서?"

아브라함이 이를 드러내고 웃으며 새우를 까기 시작했다.

"그럼요, 아무도 못 따낸 인터뷰잖아요. 솔직히 케이는, 기자들 앞에서 회견을 한 적은 있어도 단독 인터뷰는 안 하는 뮤지션이란 말입니다. 아무리 짧은 시간이었다고 해도 단독 인터뷰를 따낸 데다가 제 명함까지 주고 왔다니 편집장님 입이 찢어지려고 하시죠. 하하."

"허허, 헤럴드 뉴스는 굳이 그러지 않아도 큰 회사인데 뭘 그리 목을 매고 그러나?"

"이런 것 하나하나가 지금의 헤럴드 뉴스를 만든 거예요, 선생님."

"그래, 맞는 이야기일세. 현재에 집중하지 못하는 이가 미래를 만들 수는 없겠지. 자, 이것도 먹어보게나. 폭립도 아주 맛

있으니 말이야."

"예, 선생님, 하하 입맛이 아주 좋습니다!"

바보처럼 실실거리며 웃어대는 아브라함의 모습이 마음에 들었는지 노먼 역시 연신 웃음을 지으며 식사를 이어갔다.

아브라함은 식사를 하면서도 핸드폰을 꺼내 인터넷에 실시간으로 올라오는 뉴스들을 검색하고 있었다.

"헉, 선생님. 이 뉴스 보셨나요?"

"무슨 뉴스 말인가?"

아브라함이 핸드폰을 내밀어 액정을 보여주며 말했다.

"손린 이사라는 사람. 정말 천재인가 봐요. PPV 판매고 보세요. 어젯밤 12시를 기준으로 판매를 마감했고, 지금 고객들의 핸드폰 MMS 문자로 PPV 번호를 발송 중인데 어제 기준 판매가 9천 3백만 장이래요! 이건 케이의 나라 전체 국민 수보다 많다고요!"

노먼이 당연하다는 듯 고개를 끄덕이며 말을 받았다.

"그럴 만하지 않나? 빌보드 상위권에 있는 케이라는 뮤지션의 공연인 데다가, 전설로 남을 디바 레온틴 프라이스의 마지막 공연이고, 새롭게 나타난 천재 키스카 미오치치가 쓴 가사로 노래한다는 것, 거기에 네팔의 사건으로 인해 세간에 천사라 불리는 케이가 연기를 한다는 것만으로 엄청난 주목을 받는 것이지. 아, 또 하나 PPV 판매 수익의 100%가 아프리카 기아 돕기에 쓰인다는 것과 싼 가격까지 플러스된 것이지."

아브라함이 핸드폰을 더욱 앞으로 내밀며 흥분한 어투로 말했다.

"하지만 선생님! 9천 3백만 장이에요! 9억 3천만 달러라고요! 케이의 나라인 한국 돈으로 무려 1조 원이 넘습니다. 무슨 뮤지션의 1회 공연에 움직이는 돈이 1조가 넘어요? 조금 못 사는 나라 기준의 1년 국가 예산이라고요 이건!"

노먼이 피식 웃으며 말했다.

"이미 네팔의 사건으로 인해 케이가 움직이는 돈에 대해서는 검증이 된 것 아닌가, 아마도 그가 돈에 달관한 듯 살기 때문에 더한 것일지도 몰라, 돈을 벌고자 하는 움직임이 있었다면 이렇게까지 뜨거운 반응은 아니었을지도 모르지."

아브라함이 바로 그거라는 듯 손뼉을 치며 말했다.

"제 말이 그 말이에요! 만약 케이가 네팔 모금 방송에서 자기 비율을 늘리고, 이번 공연 역시 일정 비율만 가져갔어도 그는 몇천억은 챙겼을 거라고요. 어떻게 사람이 그리 돈 욕심이 없을 수 있을까요? 만약 이미 돈이 많아서 더 욕심을 부리지 않는 것이라면 이해가 가지만 케이는 그렇지도 않아요. 그렇죠?"

노먼이 집게손가락에 묻은 기름을 물수건으로 닦으며 답했다.

"그래, 네팔에서의 수익금 5%를 받았다고 하더군, 하지만 들기로는 수익의 1%를 제외하고 나머지 4%를 추가로 기부한 것으로 알고 있어."

아브라함이 입을 떡 벌리며 잠시 말을 잇지 못했다.

"에…… 에? 4%를 더요? 어디서 알게 되셨어요?"

노먼이 물수건을 구겨 한쪽에 치운 후 말했다.

"내 친구가 유니체프의 이사진 중 하나일세. 케이가 직접 찾아와 돈을 건네고 비밀로 해달라고 하고 갔다더군. 그 친구가 얼마나 감동했는지, 침이 마르도록 칭찬하더니 이번 공연 소식이 나오자마자 자기도 기부하고 공연에 오겠다고 했었지. 아쉽게도 기부 금액이 조금 못 미쳐서 공연에 초대를 받지는 못했지만 말이야."

아브라함이 테이블 위에 팔을 올려 턱을 괴고는 포크로 음식을 뒤집으며 말했다.

"전부터 궁금했었는데, 공연을 볼 수 있는 초대장은 얼마나 기부를 해야 받을 수 있는 거예요? 엄청난 거부들만 초대받게 되는 건가요?"

노먼이 고개를 저으며 입을 닦았다.

"아니야, 지금껏 좋은 일에 많은 도움의 손길을 주었던 사람이 최우선이라더군. 대표적인 예로 워렌 버프는 자신의 친구 빌의 아내가 만든 재단에 지속적인 기부를 하고 있지 않나. 그 사람은 이번 기부에 십 센트도 내지 않았지만, 초대받았네.

또, 재작년에 있었던 일 기억나나? 리빙스턴 스트릿에 있는 리틀 플라워 칠드런 고아원(Little Flower Children)에 누군가 거액이 든 돈 가방을 놓고 간 사건 말이야."

"아! 기억하죠. 뒤늦게 아흔 살이 넘은 할머니가 자신이 평생 모은 돈을 놓고 간 것이 CCTV를 통해 밝혀져 화제가 되었던 사건이었죠?"

"그래, 그 할머니도 초대받았어. 거동이 불편하시지만, 손자의 힘을 빌려 휠체어라도 타고 오시겠다고 하더군."

"그렇군요……. 그럼 그런 기록이 없는 사람들은요? 좌석이 천 석 규모인데 다 그런 사람으로 채우지는 못했을 텐데요."

"맞아. 나머지는 기부 금액 순서로 초대를 받게 되었지. 만약 후자만 진행했다면 일부에서는 욕을 하는 이가 생겼을지 모르겠지만, 전자 때문에라도 욕을 하는 사람은 없어. 부자가 기부하는 것은 사회적 의무는 아니야. 자기가 번 돈을 왜 기부해야 하나? 하지만 그들은 하고 있었고, 그런 그들에게 기회를 준 것은 일반인들 역시 불만을 가지지 않게 되지. 또 새로 초대받은 이들도 기부금을 내고 들어온 것인 데다 앞으로 그런 활동을 이어갈 여지가 많은 사람으로 선별한 것으로 알고 있네."

"아. 그럼 벼락부자들이 갑자기 많은 돈을 내고 초대를 받는 일은 없는 건가요?"

"그렇게 알고 있네. 머리를 잘 썼지."

"그것도 손린 이사의 작품일까요?"

"아닐 거야. 이것은 케이가 공연에 합류하기 전에 내려진 결정인 것으로 보아 아마도 레온틴 프라이스 본인의 의지였던 것 같아."

"음…… 그렇군요."

노먼이 고개를 돌려 벽에 걸린 시계를 확인 후 자리에서 일어났다.

"이야기를 나누다 보니 시간이 금방 가는군. 난 그만 공연장으로 가보겠네. 자네는 어디서 보나?"

아브라함이 불쌍한 표정을 지으며 볼을 긁었다.

"하하, 저야 뭐 초대받지 못했으니 밖에서 노트북이나 봐야죠. 대신 공연의 음악을 제대로 감상하기 위해 이번에 무려 400달러가 넘는 헤드폰을 샀지요!"

노먼이 일어나 계산서를 든 후 흔들며 말했다.

"그래, 불쌍한 아브라함이군. 대신 계산은 내가 하겠네. 허허 그럼 공연 감상 잘하시게."

노먼이 계산을 마친 후 밖으로 나와 줄리어드 오페라 하우스로 접어드는 길을 혼자 걸었다. 공연 시간이 가까워졌음인지 길에 많은 사람이 기대에 찬 표정으로 나와 줄리어드 쪽을 바라보고 있었다.

사람들의 밝은 표정을 보며 미소를 짓던 노먼이 줄리어드 앞에 도착하자 많은 기자가 오페라 하우스에 입장하고 있는 관객들의 면면을 촬영하고 인터뷰를 하고 있는 것이 보였다.

한 기자가 정장을 점잖게 차려입고 검은 코트를 입은 노먼을 보고는 재빨리 카메라맨에게 손짓한 후 뛰어와 마이크를 내밀었다.

"노먼 레브레히트 선생님! 안녕하십니까? 영국 채널 5의 대니 스몰링입니다. 미국에서 뵙게 되니 반갑습니다."

노먼은 그냥 손을 흔들며 지나가려다 자신의 나라인 영국의 유명 채널이라는 것을 듣고 발걸음을 멈췄다.

"채널 5? 영국에서도 기자들이 왔군요."

대니가 주위를 손으로 가리키며 실소를 지었다.

"영국뿐 아닙니다. 저쪽에는 한국, 중국, 일본, 동남아 쪽 기자들이 있고 반대편에는 프랑스, 이탈리아, 독일의 기자들도 와 있습니다. 어? 저기 멕시코 쪽 기자들도 오고 있네요. 거의 전 세계의 유명 뉴스 채널 기자들은 다 모여 있다고 보시면 됩니다. 그만큼 화제가 되고 있는 공연이니까요."

노먼이 고개를 끄덕임과 동시에 누군가 노먼의 등을 부드럽게 쓰다듬었다.

놀란 노먼이 뒤를 돌아보자 검은 장발의 파마머리를 한 히스패닉계의 남자가 웃음을 짓고 있는 것이 보였다.

"이런! 카를로스! 오랜만입니다."

노먼이 큰 소리로 악수를 청하는 것을 보고 있던 기자가 놀라며 중얼거렸다.

"카…… 카를로스 몬타나다……."

카를로스가 빙긋 웃음을 지으며 허리춤에 손을 올렸다.

"케이의 공연인데 당연히 제가 와야죠. 잊으신 건 아니죠? 케이의 첫 번째 투어는 저와 함께했다는 것 말입니다. 하하."

노먼이 너털웃음을 지으며 말을 받았다.

"허허, 그렇죠, 롤라팔루자였지요? 아쉽게도 나는 그 공연을 못 봤습니다. 아, 초대를 받으신 겁니까?"

"예, 케이가 표를 보냈더군요. 덕분에 멕시코에만 박혀 있다가 오랜만에 외출입니다. 하하."

"허허, 그러셨군요. 좌석이 어디입니까?"

"케이가 노먼이 온다는 이야기를 하길래 당신 옆자리로 부탁했죠. 보세요 R-58번입니다. R-59번이시죠?"

"오~ 그렇군요, 카를로스와 공연을 함께한다고 생각하니 더 두근거립니다."

대니가 끼어들 타이밍을 잡지 못하고 마이크를 들었다 놨다 하고 있는 도중 한쪽이 소란스러워졌다.

"헤럴드 윈스턴 대통령이다!"

목뼈가 부러질 듯 고개를 돌린 대니의 부릅뜬 눈에 대통령 전용 자동차에서 내려 손을 흔들고 있는 헤럴드 윈스턴이 들어왔다.

한곳에 모여 있던 기자들이 모두 자신이 인터뷰하고 있던 사람들을 두고 헤럴드 윈스턴에게 우르르 밀려드는 것을 본 대니가 다급한 표정으로 노먼을 보자, 노먼이 실소를 지으며 고개를 끄덕였다.

"가보세요, 대니. 우리보다는 저쪽이 훨씬 화제가 될 테니 말입니다."

대니가 반색하는 표정을 지었다가 이내 미안해하는 표정으로 말했다.

"아! 가, 감사합니다. 저…… 그리고 죄송합니다, 선생님."

"허허, 아닙니다. 어서 가보세요."

황급히 뛰어가는 대니의 뒷모습을 보던 두 노인이 기자들이 만든 벽이 사라지고 난 오페라 하우스로 가는 길을 여유롭게 걸었다.

오페라 하우스 앞에서 보안 요원들에게 초대권을 보여준 카를로스가 앞장서 닫혀 있는 하우스의 문을 열고, 좌석을 찾아 들어갔다. 아직 조금 이른 시간이라 사람이 없는 관객석에서 금방 좌석을 찾은 카를로스가 노먼에게 손짓했다.

"여기가 우리 자리군요, 이쪽입니다."

노먼이 웃음 지으며 자리에 앉은 후 커튼으로 가려진 무대를 보다가 문득 눈에 이채를 띠었다.

"허허, 저 아이가 키스카 미오치치인가 보군요."

"예? 어, 어디요? 어디요?"

고개를 돌린 카를로스의 눈에 커튼 사이로 머리를 내밀고 장난스러운 눈빛으로 사람들을 구경하고 있는 키스카가 들어왔다.

잠시 두런두런 이야기하던 둘의 눈에 점차 가득 차기 시작하는 관객석이 들어왔다.

관객이 삼 분의 이가량 찼을 때 헤럴드 윈스턴이 이미 자리를 잡은 관객들의 박수를 받으며 관객석에 들어와 앉는 것을 본 카를로스가 노먼 쪽으로 고개를 내밀며 은근한 어조로 말했다.

"케이가 네팔에서 찍었던 공익 광고 봤어요?"

노먼이 헤럴드 윈스턴의 뒤통수를 보며 고개를 끄덕이자, 카를로스가 의외라는 눈으로 말했다.

"난 솔직히 광고 경매에서 1위가 미국 정부인 것을 보고 걱정했습니다. 케이를 정치에 이용하려고 하는 것이 아닐까 하고 말이에요. 그런데 전혀 그런 것이 없는 것을 보고 더 놀랐죠. 그 돈을 써서 겨우 그런 광고를 하려는 것이었나 하고 말입니다."

"맞습니다. 둘 중 하나겠죠. 처음부터 그저 호의를 가지고 다가갔거나, 아니면 케이를 만난 후 생각이 바뀌었거나 말입니다."

"후자에 걸죠. 미국이란 나라는 그리 녹록하지 않으니 말이에요."

"허허, 전자든 후자든 결과가 좋으니 모두가 해피하군요."

"하하, 다행인 거죠. 아, 벌써 관객석이 다 찼군요. 공연 시간 5분 전이네요."

카를로스가 기대에 찬 눈빛으로 소파에 깊숙하게 몸을 눕히자 노먼이 수첩과 펜을 꺼내 들었다.

그것을 본 카를로스가 등을 떼고 물었다.

"수첩은 왜 꺼내십니까?"

노먼이 계면쩍은 듯 웃으며 펜을 달깍거렸다.

"하하, 일종의 버릇입니다. 감동받았던 포인트와 기억해 두고자 하는 장면을 글로 써두는 버릇이죠."

카를로스가 다시 소파에 등을 기대며 깍지 낀 손을 배 위에 올렸다.

"하아. 음악 평론가의 삶도 참 고달프군요. 음악이 주는 감동을 있는 그대로 느끼지 못하고 뭔가를 분석하고 적어야 하다니 말입니다."

"하하, 그렇죠. 저도 그저 즐기고 싶습니다만, 지난 브롱스 공연에서 느낀 점을 메모해 두지 않은 것이 시간이 흐른 후에 후회가 되더군요. 그때의 감동을 다시 글로 표현할 단어가 떠오르지 않아서 말입니다."

"그렇군요. 알겠습니다, 편하신 대로 하세요, 하하. 아! 시작
하나 봅니다."

무대 위로 고개를 돌린 노먼의 눈에 천천히 열리고 있는 무
대의 커튼이 들어왔다.

시작을 직감한 관객들이 저마다 박수를 치자, 카를로스도
함께 웃으며 박수를 보냈다.

일반적인 공연과 달리 오페라였기에 소리를 지르거나, 휘파
람을 부는 관객은 없었고 박수갈채만이 오페라 하우스를 가
득 메웠다.

커튼이 완전히 열린 무대는 1920년대의 시골 모습이었다.
황량한 논밭과 덩그러니 지어진 하나의 집만이 있는 세트였는
데, 집도 단지 집이라는 것을 겨우 알 정도로 허름한 수준의
집이었다.

무척이나 가난한 농부의 집인 듯 여기저기 칠이 벗겨지고
지붕에는 구멍이 뚫린 곳까지 보였다. 집 앞에는 작은 논이 있
었고, 무대 뒤편에 하얀 천으로 가려진 동그란 거울 같은 것이
시선을 사로잡았다.

박수갈채가 줄어들고 관객들이 서서히 침묵하며 집중하기

시작하자, 무대 뒤에 있는 동그란 거울의 가려진 천 뒤에 여성의 옆모습으로 보이는 그림자가 비쳤다.

관객들이 여성의 실루엣에 집중했지만, 곧 쓰러질 듯한 집의 문을 열고 나오는 중년의 흑인에게로 관심이 넘어갔다.

학생 연기자가 분장을 한 듯 조금은 어색하게 중년인의 분장을 한 남성이 집 문 옆에 둔 쟁기를 들고 논을 일구기 시작했다.

-훗차! 웃차!

한참 밭을 일구던 남자가 손으로 이마에 흐른 땀을 닦은 후 하늘을 보고 한숨을 쉬었다. 그가 보고 있는 새벽의 흐릿한 달이 현재 시간이 아주 이른 새벽임을 알려주었다.

그가 다시 쟁기를 들고 밭을 일구며 힘없는 목소리로 노래를 불렀다.

여명의 꿈과 입맞춤들이 점차 사라진다.
오직 물결치는 사막만이 남아 삶의 무게는 더욱.
그 거대한 엉덩이로 나를 깔고 앉는다.
고통스럽기 그지없는 역사의 소용돌이 속에서.
삶을 윤택하게 만들려는 애틋한 노력과 열정은.
언제나 더 큰 절망이 되어 나를 먹어치운다.

남자가 절망적인 가사를 내뱉으며 일을 하자, 천막 뒤의 여성이 결이 굵으면서도 미성의 고운 목소리로 노래하듯 말했다.

-나는 1918년 적색 공포가 미국을 먹어 치우던 시기를 버티고 제1차 세계 대전에 참전했다가 돌아온 아버지를 둔 딸이었습니다. 1927년 미시시피는 무척 춥고 배고팠습니다.

남자가 갑자기 쟁기를 바닥에 패대기쳤다. 모두의 시선이 남자에게 집중되자 분노한 얼굴의 남자가 격정적인 노래를 시작했다.

전쟁에 나가 나라를 위해 싸웠다!
전쟁에 나가 가족을 위해 싸웠다!
그리고 돌아온 나의 조국에 내 설 자리는 어디인가?
전쟁의 참혹함을 보았는가? 전쟁에 반대하는 것이.
왜 문제가 되는가 말이다!
왜 내가 억압과 구속을 받고 일자리도 없이.
시골로 쫓겨나야 하지?
난 국가를 위해 희생한 죄밖에는 없는데!

뚫어져라 무대를 보고 있던 카를로스가 노먼의 귀에 속삭였다.

"미국 역사를 모르니 무슨 말인지를 모르겠군요. 저 남자는 전쟁에 다녀온 것 같은데 왜 귀환 후 일자리를 찾지 못한다고 하고 있는지 아시면 좀 알려주세요."

노먼이 살짝 고개를 끄덕인 후 무대에서 시선을 떼지 않고 말했다.

"1918년 미국은 제1차 세계 대전 중 전쟁 반대자나 파괴 분자가 전쟁 수행 노력을 방해하려고 한다는 기조 아래 그들을 억압하고 구속했었습니다. 그것을 적색 공포라고 불렀지요. 이들은 전쟁에 이미 참전했던 군인들과 문인들이 대부분이었는데 귀환 후 전쟁 반대자라는 이유로 일자리를 찾지 못해 시골에 내려가 남의 논에 농사를 짓는 소작농이 되었습니다. 아마도 레온틴 프라이스 교수의 아버지 이야기겠지요."

카를로스가 자신이 질문하는 것 자체가 노먼의 집중에 방해가 되는 행동임을 알고 대충 고개를 끄덕인 후 다시 무대에 집중하였다.

무대 위에 한 흑인 여성이 나타나자 힘든 중에도 웃음을 지으며 여성을 안아준 남성이 절망적인 상황에서도 쉬지 않고 일을 했다.

무대 뒤의 장치를 통해 해가 지고 다시 뜨는 것을 수없이 반복한 여성의 품에는 어느새 작은 갓난아기가 들려 있었다.

남자는 무엇이 그리 즐거운지 갓난아기를 보며 행복한 웃음을 지었고, 해는 다시 뜨고 지고를 반복했다.

집 안으로 들어간 여인이 다시 나왔을 때 그녀는 열 살가량의 남자아이의 손을 잡고 있었다.

남자아이는 아무것도 모르는 천진난만한 미소를 지으며 논 주위를 뛰어다녔고 부부는 그 아이를 보며 행복한 미소를 지었다.

해가 뜨고 지고를 반복하는 동안 남자는 계속 일을 했지만, 여자는 집을 들락거렸다. 여자는 집에 들어갔다 나올 때마다 옷을 조금씩 바꾸어 입었는데 차츰 형편이 나아지는지 점점 더 나은 옷으로 바뀌어 갔다.

시간의 흐름을 보여주던 무대 뒤의 천막에 다시 불이 들어오며 옆모습만 보이는 여성의 그림자가 노래하듯 대사를 읊었다.

-1927년 내가 태어났을 때 아버지와 엄마, 그리고 내 오빠는 행복했었다고 합니다. 1929년까지 빠르게 경제 성장을 이룬 미국은 아버지에게도 넉넉한 삶과 여유를 주었지요. 내가 태어난 날 아버지는 세상의 모든 신에게 자신이 아는 모든 단어로 나에 대한 축복의 말을 해주었다고 합니다. 하지만 2년 후 우리는 다시 위기를 맞아야 했습니다.

무대에 불이 꺼지고 달이 떠올랐다. 희미한 빛이 무대를 비추자 집 앞의 논 뒤 조그만 바위 위에 세 살에서 네 살가량으로 보이는 흑인 여자아이가 혼자 앉아 삶은 감자를 먹고 있는 모습이 관객들의 눈에 비쳤다. 입 주변에 묻은 감자 부스러기를 아깝다는 듯 입으로 밀어 넣고 있는 아이가 입을 열었다.

손발이 얼어붙고 살이 까맣게 죽어가요.
나는 산에서 행복한 꽃을 따기보다는.
초롱꽃과 개암, 키스의 야생 바구니들보다.
배고픈 내 주린 배를 채울 수 있는 감자 한 알이 더 소중해요.

고운 목소리의 아이가 노래하자 카를로스가 좌석에서 등을 떼고 눈을 부릅떴다.
"아, 아니! 무슨 아이 목소리가!"
노먼이 아니라는 듯 고개를 저었다.
"아이가 부르는 게 아닙니다. 아이는 입만 벙긋대고 있어요, 실제 노래는 저 천막 뒤에 있는 레온틴 프라이스가 하는 것일 겁니다."
그제야 놀란 가슴을 가라앉히고 소파에 기대던 카를로스가 멋쩍은 웃음을 지었다.

"천재가 발에 채일 만큼 많다는 줄리어드라, 모두가 천재로 보이네요, 하하"

다시 불이 꺼지고 암전된 무대에 레온틴 프라이스의 고운 목소리가 들려왔다.

-그러니까, 그 나이였어요…… 노래가 나를 찾아왔습니다. 그게 어디서 왔는지 나는 몰랐습니다. 차가운 겨울 새벽에서 왔는지, 얼어붙은 미시시피 강에서 왔는지 언제 어떻게 내게 왔는지 모르겠어요.

잠시 침묵이 흐르고 다시 그녀의 목소리가 들렸다.

-아니요. 그건 목소리가 아니었어요, 말도 침묵도 아니었고요. 어느 날 어느 거리에선가 나를 불렀어요. 미시시피의 황량한 산에 앙상한 나뭇가지에서, 엄마를 따라간 성당에서 느닷없이 타인들 틈에서, 농사가 끝나고 짚을 불태우던 격렬한 불길 속에서요.

다시 무대에 불이 들어오자 산에서 혼자 호미를 들고 땅을 파 연신 무언가를 입에 넣고 있는, 열 살가량의 흑인 소녀의 쪼그리고 앉은 모습이 관객들의 눈에 들어왔다.

입가에 흙을 잔뜩 묻힌 소녀는 땅에서 파낸 무언가를 소쿠리에 넣고, 일을 하다가 식물의 뿌리 같은 것이 나올 때마다 입으로 밀어 넣고 있었다. 한참 일을 하던 소녀가 바닥에 털썩 주저앉아 하늘에 뜬 태양을 보며 힘없이 노래를 불렀다.

따뜻하고 김이 모락모락 나는 빵이 먹고 싶어.
버터도 딸기잼도 없어도 괜찮아. 그저 빵 한 조각이면 돼.
단 한 조각이라도 있으면 매일 새벽까지 일하시는 아빠와.
나와 오빠를 위해 바느질을 하시는 엄마에게 드리고 싶어.
난 괜찮아. 빵 대신 그들의 웃음을 먹으면 되니까.

관객석을 채운 관객 중 비슷한 시기를 겪은 것으로 유추되는 노인들이 수건을 꺼내 눈에 고이는 눈물을 닦기 시작했다. 아마도 그들이 겪은 참혹한 시기에 대해 생각이 나서일 것이다.

카를로스 역시 동시대를 살지는 않았지만 가난한 멕시코 농부의 아들로 태어났기에 비슷한 감정을 느끼고는 눈을 파르르 떨며 무대에 집중했다.

불쌍해 보이는 가난한 소녀가 하늘을 보자 다시 천막 뒤의 목소리가 독백을 알렸다.

-1929년 내가 두 살이 되었을 무렵. 조금씩 나아졌던 가정 형편은 10월 29일 미국의 경제 대공황과 함께 와르르 무너졌어요. 아빠는 우리 가족을 데리고 기차에 올라 디트로이트의 공장촌으로 이사했죠. 아버지는 다행히 일자리를 구할 수 있었지만, 일자리를 구하는 노동자의 수가 너무 많았기에 가족들이 한 달을 먹고살 돈도 채 벌지 못했어요. 하는 수 없이 나는 뒷산에 올라가 야생의 풀뿌리를 캐 왔었죠. 그리고 그 날, 나는 음악을 만났습니다.

일을 하다가 쪼그리고 앉은 소녀의 뒤로 하얀 옷을 입은 아름다운 남자가 나타났다.

남자가 나타나자마자 조용히 집중을 하고 있던 관객석에서 웅성거림이 번져갔다. 사람들은 작게 말했지만, 워낙 많은 사람이 웅성거리자 오페라 하우스가 소란해졌다.

"케이다."

"케이 맞지?"

"진짜 아름답게 생겼다. 천사 같아."

사람들의 웅성거림이 조금씩 잦아들자 잠시 일을 하고 있던 소녀를 내려다보던 건이 입을 열었다.

너무나 아름다운 남자가 하얀 중세 시대의 남성용 원피스를 입고 맨발에 샌들을 신은 채 소녀의 뒤에서 고운 미성의 목소리로 노래했다.

작고 긴 꼬리를 땅에 붙이고 있는 거대한 회오리바람처럼, 슬픔의 실체는 네가 아는 것보다 훨씬 커다랗단다.

하지만 그 뿌리는 네가 보고 있는 회오리바람의 꼬리처럼 작고 보잘것없을지도 모른다.

네 눈을 가리는 거대한 회오리바람에 현혹되지 말라, 슬픔은 음악이라는 은빛 화음으로 그 작은 뿌리를 드러나게 할 수 있단다.

마치 현악기의 그것과 같은 소리를 내는 건의 목소리가 무대에서 울려 퍼지자 노먼의 얼굴에 식은땀이 흘렀다.

놀라기는 카를로스도 마찬가지였는지 그 역시 소파에서 등을 떼고 앞좌석을 손으로 꼭 쥔 채 눈을 크게 뜨고 있었다.

노먼이 순식간에 이마를 온통 적신 땀을 손으로 닦은 후 자신의 손에 묻은 땀을 바라보며 고개를 저었다.

"매번 날 놀라게 하는군, 케이. 오페라에서 어떤 역할을 맡을지 궁금했는데…… 역할이 음악 그 자체라니…… 신이나, 악마, 천사의 역할을 수행하는 것보다 더욱 놀랍군……"

카를로스가 노먼이 중얼거리는 내용에 동의한다는 듯 고개를 끄덕이다 갑자기 눈을 크게 뜨고 무대를 손가락질하며 떨리는 목소리로 말했다.

"그, 그런데 이 가사들을 전부 그 열 살짜리 꼬마가 썼단 말입니까?"

그제야 가사의 수준과 키스카의 나이를 생각한 노먼이 입을 떡 벌렸다. 무대 위의 흑인 소녀가 마치 건이 보이지 않는다는 듯 갑자기 들려온 목소리에 주위를 두리번거렸다.

아무것도 보이지 않는다는 듯 고개를 갸웃거리던 소녀가 다시 땅을 파기 시작하고 무대의 조명이 서서히 어두워지며 다시 천막에 가린 여성의 목소리가 울렸다.

-1940년. 그러니까 내가 13살이 되던 해의 일이었어요.

무대의 조명이 켜지고 다시 쓰러져가는 집 앞에 청년이 된 소녀의 오빠가 큰 가방을 메고 집을 나섰고, 뒤를 이어 부모와 소녀가 배웅을 나왔다.

떠나려 하는 아들을 부여잡은 엄마가 눈물을 지었고, 아버지가 그 둘을 꼭 안아주었다. 혼자 우두커니 서서 그 모습을 바라보던 소녀가 한 걸음 앞으로 나서더니 관객석을 보며 애절한 표정으로 노래를 시작했다.

네 소원이 무엇이냐고 신이 내게 물으신다면.

나는 서슴없이 오빠가 무사히 돌아오게 해달라고 말할 거예요.

네 두 번째 소원이 무엇이냐고 신이 내게 물으신다면.

다시는 참혹한 전쟁이 일어나지 않게 해달라고 말할 거예요.

네 마지막 소원이 무엇이냐고 신이 내게 물으신다면.

나의 자그마한 가족이 행복하게 살아가게 해달라고 말할 거예요.

소년이 손을 흔들며 떠나고 남겨진 부모가 한참 소년의 뒷모습을 보며 눈물짓다가 집으로 들어가자, 혼자 남은 소녀가 나뭇가지를 들어 바닥에 오빠의 얼굴을 그렸다.

나는 우리나라가 가장 아름다운 나라가 되길 원해요.

나는 우리나라가 가장 강한 나라가 되는 것을 원하지 않아요.

내가 남의 침략에 가슴이 아프듯.

그들도 나의 침략이 가슴 아플 테니까요.

다시 조명이 어두워지며 천막에 가려진 여성의 목소리가 울렸다.

-세상은 항상 용기 있는 사람을 모함하려 했습니다. 군중의 고함에 맞서는 양심의 목소리는 그 역사만큼이나 오랜 시간 싸웠습니다. 그리고 나와 우리 가족은 그 오랜 시간 속에 오빠를 잃어야 했습니다.

미군 복장을 한 두 사람이 혼자 쪼그리고 앉아 있는 소녀를 잠시 바라본 후 집의 문을 두드렸다.

혹시 아들이 왔나 싶어 반가운 표정으로 문을 열었던 어머니가 침통한 표정을 짓고 있는 군인들을 보고 그대로 실신했고, 따라 나오던 아버지가 황급히 어머니를 받아 들고 미군을 보았다.

그저 고개를 숙이고 있는 미군을 떨리는 눈으로 보던 아버지가 눈물을 흘리자, 차마 더 보고 있지 못한 군인들이 자리를 피했다.

기절해 버린 어머니를 안고 있던 아버지가 하늘을 보며 눈을 부릅뜨고 쉬어터진 목소리로 노래했다.

신이여! 당신은 존재하는 겁니까?
왜 당신은 원망의 장벽으로 내 앞에 나타나.
저주스러운 운명의 리듬을 연주하고 있습니까?
왜 그 연주를 멈추어주지 않으십니까!

왜 내 아들을 데려가셨습니까!

도대체 언제가 되어야 나와 내 가족이 웃을 수 있습니까!

무릎을 꿇고 쓰러진 어머니를 받치고 절규하는 듯 노래하는 아버지를 보던 관객들이 다시 손수건을 들어 눈물을 훔치기 시작했다.

전 세계의 PC 앞에 앉은 사람들도 함께 눈물짓고 있음을 모두가 직감할 때쯤 다시 무대의 불이 암전되었다.

시종일관 불편한 심기를 드러내고 있는 대통령 수석 비서관이 헤럴드 윈스턴의 옆모습을 힐끔 보았다.

북핵 문제에 대한 강경책을 밀어붙이고 있는 그에게 이 공연에서 보여주는 전쟁의 참혹함이 헤럴드 윈스턴의 결정에 어떤 식으로든 영향을 미칠 것이 분명했기 때문이다.

헤럴드 윈스턴은 아무 말 없이 그저 팔걸이에 팔꿈치를 대고 손가락으로 자신의 볼을 톡톡 건드리며 무대에 시선을 집중하고 있었다.

수석 비서관이 고개를 헤럴드 윈스턴 쪽으로 슬며시 들이밀며 은근한 어조로 말했다.

"옛날 일입니다. 미사일 전쟁이 아니라, 직접 타격을 하는 전쟁 시대의 이야기죠. 그리고 그러한 역사가 있었기에 지금의 미국이 있는 것입니다, 대통령님."

헤럴드 윈스턴이 자세를 고쳐 앉으며 손을 휘휘 저었다.

"나중에. 지금은 공연에 집중하고 싶네."

수석 비서관이 그에게 다가갔던 몸을 바로 세우며 불편한 표정으로 무대를 보았다.

무대 위 천막에 가린 여성의 목소리가 마치 울음을 참고 있는 듯 떨렸다.

-희망의 불꽃이 완전히 사그라지고 남겨진 잿더미에 자그마한 불씨도 남지 않았다고 생각했을 때 내 앞에 음악이 다시 모습을 드러냈습니다.

열다섯 살가량의 소녀가 옆구리에 소쿠리를 끼고 쓰러져 가는 집의 문을 열고 나왔다.

피곤과 삶의 고단함이 얼굴 가득 퍼져 있는 소녀의 얼굴에는 희망이라고는 없어 보였다. 집 앞의 논에 쪼그리고 앉아 호미로 논일을 하던 소녀가 갑자기 바닥에 털썩 주저앉아 하늘을 바라보았다. 절망에 찬 그녀의 눈동자에 허무함과 공허함이 맴돌고 있을 때 집 뒤에서 건이 모습을 드러냈다.

건은 고개만 내밀어 소녀를 관찰하다가 발소리가 나지 않게 천천히 그녀의 뒤로 다가왔다. 하늘을 보고 있는 그녀의 머리 위에서 소녀를 내려다보던 건의 입이 열렸다.

네 믿음은 네 생각이 된다.

네 생각은 네 말이 된다.

네 말은 네 행동이 된다.

네 행동은 네 습관이 된다.

네 습관은 네 가치가 된다.

네 가치는 네 운명이 된다.

-세상에는 일곱 가지 죄가 있다. 노력 없는 부, 양심 없는 쾌락, 인격 없는 지식, 도덕성 없는 상업, 인성 없는 과학, 원칙 없는 정치…… 그리고 마지막 희생 없는 기도이다. 아이야, 희생 없이는 아무것도 이룰 수 없다. 네 죽은 오빠가 희생이 아니다. 너의 시간을 헛되이 쓰지 말라. 해가 뜰 때부터 해 질 때까지 일을 하고 집에 돌아가 쓰러져 잠이 든다 하더라도 하루에 단 오 분이라도 너를 위해 노력할 시간을 부여해라. 삶의 빈곤함으로 인한 피로 속에 네가 희생한 단 오 분. 그것이 바로 희생이다. 희생을 통해 기도해라.

건이 조용히 양손을 내려 소녀의 귀를 막았다. 멍하니 하늘을 바라보던 소녀가 건의 손길을 느끼고는 눈을 감았다. 건이 따뜻한 눈으로 소녀를 내려다보며 노래했다.

-풀의 흔들림, 시냇물의 흐름, 바람이 귀를 간질이는 소리, 풀벌레가 우는 소리에도 음악이 있다. 네 작은 심장 깊숙한 곳까지 닿아 바스러지는 음악의 편린을 느껴라, 소녀야.

노래인 듯 대사인 듯 그저 나지막이 읊조리는 독백 같은 건의 목소리가 오페라 하우스에 울려 퍼지자 음향 효과로 보이는 자연의 소리가 울리기 시작했다.

눈을 감은 소녀가 미소를 짓고 천천히 양손을 올려 자연의 소리를 지휘하는 듯 휘젓기 시작했다.

소녀의 귀를 막았던 손을 떼고 한 발 물러선 건이 어둠 속으로 사라지고, 혼자 남은 소녀가 웃음을 지으며 연신 손을 휘두르며 남겨졌다.

-나는 가난한 집에서 태어나, 더 가난한 십 대를 보냈습니다. 내게 공부를 한다는 것은 꿈과 같은 이야기였어요. 하지만 음악이 내게 선물한 자연의 소리는 꿈을 꾸게 하였습니다. 그날부터 매일 산에 올라가 자연들과의 합창을 시작했습니다. 그리고 그곳에서 나는 그를 만났습니다.

무대 전체가 회전하기 시작하자 관객들이 당황했지만, 곧 연극에서 자주 사용되는 무대 배경의 교체임을 알아챈 관객들이 다시 집중하기 시작했다.

완전히 뒤로 돌아간 무대는 뒤에 높은 산들이 가득하고, 잔디밭과 꽃들이 있는 언덕이었다. 열여덟 살가량으로 성장한 소녀가 한 손에 꽃을 들고 행복한 웃음을 지으며 산을 뛰어다녔다.

나뭇잎에 스치는 바람 소리.
계곡에 흐르는 물소리.
텅 빈 마음으로 자연의 소리에 자아를 맡겨보면.
이렇게 평온한데.
이렇게 평화로운데.
이렇게 감사한데.
꿈은 이루어질 거예요.
그렇지 않다면 애초에 자연이.
나에게 꿈을 꾸게 하지 않았을 것이니까요.

산을 뛰어다니며 노래하는 소녀를 멀리서 바라보던 정장을 입은 신사가 소녀에게 가까이 다가왔다. 신사를 본 카를로스가 눈을 동그랗게 뜨고 손가락질을 하며 노먼에게 속삭였다.

"케이 아닙니까? 이번엔 정장을 입고 있는데요?"

노먼이 고개를 끄덕이며 말했다.

"1인 2역인가 보군요. 아니면 음악이라는 것이 사람의 형상으로 나타난 것일 수도 있고요."

"아…… 오페라에서도 한 사람이 여러 역할을 하기도 하는군요? 소규모 연극에서나 하는 것인 줄 알았는데."

"있긴 있습니다만, 자주 나오진 않죠. 아무래도 노래를 해야하는 장르이다 보니 한 사람이 여러 역할을 하면 몸에 부담이 많이 가니까요."

잠시 대화를 나누던 두 사람이 다시 무대를 보았다.

깔끔하게 정장을 입고 나타난 건이 소녀에게 무언가 말을 건넸고, 그들의 모습 뒤에 천막에 가려진 여성의 목소리가 울렸다.

-그의 이름은 조프리(Geoffrey)였습니다. 디트로이트에서 자동차 공장을 운영하며 큰돈을 번 그는 산에서 노래하고 있는 나를 며칠간 지켜보았다고 했습니다. 그는 우리 집으로 와 가족들에게 나를 제대로 된 교육 기관에 맡겨야 한다고 설득했습니다. 생판 모르던 남이 나의 학비와 생활비까지 지원해 주겠다는 약속을 듣고 난 아버지는 믿기지 않는 눈으로 공부하는 것을 허락해 주었습니다.

잠시 숨을 고른 여성의 목소리가 조금 떨리며 울려 퍼졌다.

-그의 이름인 조프리의 숨겨진 뜻이 '강력한 보호자'라는 것을 안 것은 그 후로 아주 오랜 시간이 흐른 뒤였습니다. 학비를 받은 후 고마운 마음에 찾아간 그의 자동차 공장은 황량한 사막에 풀 몇 포기만이 난 곳이었습니다. 아무리 수소문을 해도 디트로이트에서 조프리라는 이름의 부자는 찾을 수 없었습니다.

무대 가운데 정장을 입은 건이 홀로 서 있었고, 잠시 침묵하던 여성의 목소리가 다시 울렸다.

-나는 확신합니다. 그때 내게 음악을 공부할 수 있게 한 것은 음악 그 자체였다고요.

무대 한가운데 선 건이 관객석을 바라보며 씩 웃음을 지었다.

한국의 수도 서울에 있는 한국 대학교의 대강당.
모두가 숨을 죽이고 대강당에 설치된 대형 스크린에 보이는 공연 실황에 집중하고 있었다.

재단 차원에서 음악 대학의 전문화를 장려하고 있던 사무국이 미리 판타지오 측에 허락을 구하고 대형 화면에 오페라 공연을 상영해 주었기에 많은 학생이 개강 전에 학교를 방문하여 함께 공연을 보고 있었다.

대강당에 모인 오백여 명의 학생들은 자리가 모자라 강당 뒤 복도까지 길게 늘어서서 화면을 보고 있었다.

강당 맨 앞자리에 교수진들과 함께 자리하고 있던 백만준 한국 대학교 이사장이 화면에서 눈을 떼지 않은 채 옆자리의 중년 교수에게 나직한 목소리로 말했다.

"학과장님. 학생들에게 큰 도움이 될 공연이군요."

중년의 교수가 고개를 크게 끄덕였다.

"그렇습니다, 이사장님. 놀랍군요, 단지 케이라는 뮤지션의 공연인 것으로 생각했었는데 이렇게 수준 높은 오페라 무대일 것이라고는 생각하지 못했습니다."

이사장이 눈썹을 꿈틀하며 학과장을 보았다.

"무려 레온틴 프라이스의 마지막 공연입니다, 교수님. 존 코릴리아노의 음악이고요. 대충 만들어진 공연일 리가 없지요."

중년의 교수가 고개를 살짝 숙였다.

"제게 대중음악 가수에 대한 편견이 있었던 것 같습니다."

"음악을 하는 이뿐 아니라 문화에 관련된 창작 활동을 하는 이에게 편견은 반드시 피해야 할 장애물입니다. 학생을 가르치는 교수님께 편견이 있으면 안 되겠죠. 그리고 지금 이 무대를 이끌어가는 것은 레온틴 프라이스가 맞지만, 무대에서 가장 빛나고 있는 것은 케이입니다. 대중 뮤지션이라고 무시했던 예술가가 있다면 이번 공연을 계기로 평가는 역전될 것입니다."

학과장이 무대 한가운데에서 여유롭고 살짝 자만한 신의 표정을 짓고 있는 건의 모습을 본 후 팔뚝에 돋아난 소름을 내려다보았다.

"맞습니다. 저부터가 이런 상태이니, 다른 예술가들도 비슷할 것 같군요."

이사장이 뒤로 돌아 스크린에 빨려 들어갈 기세로 집중하며 공연을 지켜보고 있는 학생들을 돌아본 후 만족한 표정을 지었다.

"연하 대학과, 고연 대학도 강당에서 공연 상영을 한답니까?"

"예, 이사장님. 그뿐만 아니라 음악 대학이 있는 대부분의 학교가 판타지오에 요청하여 정식 절차를 밟은 후 학교에서 상영하고 있습니다."

"음, 역시 그렇군요."

"우리나라만의 사정이 아닙니다. 미국과 유럽의 유수 음대들이 학생들을 위해 강당 상영을 실시하고 있습니다. 레온틴 프라이스의 제자들이 전 세계의 음대 교수진으로 가 있기도 하고, 워낙 주목도가 높은 공연이기도 해서 말입니다."

이사장이 턱을 쓸며 고민스러운 표정을 지었다.

"줄리어드 쪽과 우리 음대가 자매결연이 되어 있지요?"

"네 이사장님."

"음…… 혹시 교환 학생이나 견학 형식으로 케이를 우리 학교에 데려올 방법이 없을까요?"

"방법이야 있을 것입니다만, 과연 줄리어드에서 허락하겠습니까? 아무리 정식 절차로 요청한다 하더라도 학교 측이 거절하면 끝일 텐데요."

"안 되면 어쩔 수 없지만, 시도라도 해보세요. 케이가 우리 학교에 방문한다는 것만으로 학교의 위상이 완전히 달라질 것입니다."

"음…… 줄리어드가 허락한다 하여도 케이 본인이 오려고 할지 모르겠습니다. 우리 학교 음대가 유명하긴 합니다만, 줄리어드의 명성에 비해 떨어지는 것이 사실인데 군이 우리 학교에 올 이유가 없지 않습니까?"

이사장이 학과장의 직언이 불편한 듯 헛기침을 했다.

"어흠, 그런 말을 내 앞에서 잘도 하시는군요. 음악 대학 쪽 예산은 매년 늘려 드리고 있지 않습니까? 줄리어드 못지않은 학교로 만들어 보세요."

"허허, 그런 뜻은 아니었지만, 앞으로도 그리 해주신다면 저야 더할 나위 없이 좋겠습니다. 케이 영입 쪽은 확인을 해보겠습니다."

"절대 억지를 부리거나 강요하지 마세요. 케이 본인이나 줄리어드 측에 우리 학교 이미지 메이킹을 잘하시라 이 말입니다. 나중에 좋은 관계를 유지할 수 있도록 거절한다 하더라도 웃으며 돌아서세요."

"명심하겠습니다, 이사장님."

잠시간의 대화를 나눈 두 사람이 다시 공연에 빠져들었다. 하지만 두 사람의 대화는 한국 대학교뿐 아니라 강당에서 상영을 해주고 있는 거의 모든 대학을 이끄는 이사장들의 대화이기도 했다.

대부분의 학교가 건을 한 학기만이라도 그들의 학교로 데려오기 위해 그에게 제시할 수 있는 여러 가지 조건들을 생각해 보고 있었다.

♪♪♩

무대에 홀로 선 건이 마치 자신은 신이라는 듯 여유로운 표정으로 관객석을 돌아보았다가 어둠 속으로 물러났다.

밤이 된 듯 조명이 어두워지고 소녀가 자그마한 짐 가방을 나뭇가지에 묶어 어깨에 메고 밤길을 터벅터벅 걸었다.

조용한 밤의 산길을 혼자 걷고 있는 소녀의 모습이 무척 신비로웠다. 소녀는 외롭게 혼자 걷고 있었지만 꿈에 부풀어 기대에 찬 표정을 지으며 들에 난 꽃들을 만져보거나 깡총깡총 뛰며 산길을 거닐었다. 소녀가 꽃 한 송이를 꺾어 입에 물고 노래했다.

멀고 외로운.
검은 조랑말, 큰 달.
그리고 내 안장에 산딸기.
평원 속으로, 바람 속으로.
검은 조랑말이 붉은 달을 보고 있다.
새벽 꽃이 벌써 자기를 열었다.
달의 찬 냄새에 콧김을 내뿜은 검은 조랑말이.
검은 등에서 솟아오른 하얀 날개를 펄럭이며.
하늘로 날아간다.

마지막 가사를 내뱉으며 하늘 위로 손을 뻗은 소녀의 뒤로 천막에 가린 여성의 음성이 울렸다.

-조프리의 도움으로 혼자 뉴욕으로 걸어오는 날. 차비를 아끼기 위해 몇 날 며칠을 걸어 하나뿐인 신발이 해어져 구멍이

났지만 나는 기뻤습니다. 끝이 보이는 긴 터널은 밖으로 나갈 희망을 주었어요. 그리고 그 터널의 끝에 이곳 줄리어드가 있었습니다. 나는 그렇게 줄리어드 스쿨에 들어가게 되었습니다.

무대 전체가 회전하기 시작하고 180도를 돌았을 때 원래 뒤에 있던 쓰러져 가는 집은 없어지고 의자 몇 개가 놓인 무대가 등장했다.

의자 위에는 여섯 명가량의 학생이 있었는데 저마다 악기를 들고 즐거운 표정으로 연주하고 있었다.

행복한 표정으로 멜빵바지를 입고 바이올린을 켜던 밝아 보이는 백인 학생이 바이올린을 켜며 노래했다.

이곳은 줄리어드.
음악이 있는 곳에 기쁨이 있다.
기쁨이 있는 이곳에 나와 당신이 있을 것이다.
이곳은 줄리어드.
음악이 있는 곳에 희망이 있다.
희망이 있는 이곳에 나와 당신이 있을 것이다.

학생들은 백인 학생의 노래에 맞춰 각자 첼로와 플루트 등의 악기로 하나의 음악을 연주하기 시작했다.

희망과 기쁨이 가득한 연주를 하는 학생들의 모습은, 보고 있는 관객들의 표정에 저절로 미소가 떠오르게 하였다.

카를로스 역시 미소 지으며 노먼 쪽으로 고개를 기울이고 조용히 말했다.

"오페라 공연에서 연기자들이 악기를 연주하는 것은 처음 보는군요."

노먼이 슬쩍 고개를 끄덕였다.

"처음 있는 일은 아닙니다. 예전에도 전례가 있긴 합니다만, 자주 있는 일은 아니죠. 음악의 천재들이 모인 이곳 줄리어드의 학생들이니 가능한 클래스일 겁니다."

카를로스가 낮게 휘파람을 불었다.

"케이만 천재가 아니군요. 무슨 천재들이 이리도 많은지, 그러고 보면 이런 곳에서도 빛나고 있는 케이는 얼마나 대단한 재능을 가진 것인지 가늠이 되지 않는군요."

"그렇습니다. 줄리어드는 졸업을 했다는 사실만으로도 그의 명함이 되는 학교입니다. 이런 곳에서 저리 밝게 빛나는 케이는 인류의 보물이라 할 수 있겠죠. 오늘보다 내일이 더 기대됩니다."

"하하, 단단히 케이에게 빠지셨군요, 노먼."

노먼이 피식 웃으며 말했다.

"그럼요, 안 그랬다면 제가 공연 한 편 보자고 미국까지 날아왔겠습니까?"

무대 위에 신발을 신지 않고 발에 흙을 가득 묻힌 소녀가 올라왔다.

때가 꼬질꼬질한 소녀는 노래하고 연주하는 학생들을 선망의 눈으로 바라보고 있었다.

가까이 다가가지 못하고 그저 멀리서 바라보던 소녀의 뒤에 깨끗한 하얀 셔츠와 갈색의 바지를 입은 건이 나타났다.

잠시 소녀를 이리저리 바라보던 건이 소녀의 어깨에 손을 올리자 소녀가 화들짝 놀라며 뒤를 돌아보았다.

건이 이를 드러내고 웃으며 소녀의 손을 잡고는 즐겁게 연주하는 학생들 쪽으로 끌고 왔다.

할 수 없이 머뭇거리며 다가온 소녀의 얼굴에 당황스러움이 번졌지만 연주하던 학생들은 소녀의 남루한 옷에도 개의치 않고 각자의 악기를 들어 소녀의 주변을 돌며 연주를 했다. 그들을 바라보던 소녀의 얼굴에 서서히 미소가 번지자 건이 소녀의 등을 떠밀며 손짓했다.

노래를 해보라는 듯하는 건을 올려다본 소녀가 잠시 고개를 숙였다가 들며 고운 미성의 목소리로 노래했다.

나는 노래하기를 꿈꾸면서.

꿈을 노래하고 있어요.

꿈이 발현하는 화려한 빛에.

내 두 눈이 멀 것 같아요.

나는 수많은 넘어짐 속에 상처투성이가 되겠지만.

넘어질 때마다 무언가 줍는 사람이 되고 싶어요.

건과 학생들이 소녀에게서 흘러나오는 아름다운 목소리에 놀란 표정을 지었다.

잠시 멍한 표정을 짓던 학생들이 소녀의 노래에 신이나 더욱 크게 원을 그리며 소녀의 주위를 돌았다.

노래하는 소녀 역시 행복한 듯 환한 웃음을 지었고, 조금 떨어진 곳에서 팔짱을 끼고 소녀를 지켜보던 건이 천천히 고개를 끄덕였다.

다시 천막에 가린 여성의 음성이 들려왔다.

-나는 줄리어드에서 꿈을 이루고자 하는 욕심은 배움에 대한 갈망과 배워야 한다는 의무로 이어진다는 것을 배웠습니다. 그리고 나는 그곳에서 내 인생에서 처음이자 마지막 사랑을 만났습니다.

무대가 암전되고 다시 불이 켜졌을 때 무대 한 켠에 마련된 벤치에 소녀와 건이 나란히 앉아 있는 것이 관객들의 눈에 들어왔다.

어쿠스틱 기타를 허벅지에 올린 건이 사랑스러운 눈빛으로 소녀를 바라보며 기타 줄을 매만졌다. 관객들이 건이 부르게 될 사랑의 세레나데에 관심이 집중될 때쯤 조용한 아르페지오 음률에 맞춘 건의 아름다운 목소리가 작지만, 각자의 귀에 공명을 울리는 소리로 퍼져 나갔다.

숨을 참는다고 심장이 멈춰지나요?
사랑하는 감정을 숨긴다 해도.
숨길 수 없는 것처럼 말이에요.
나는 항상 당신에 대해 궁금하고.
당신이 나에게 보여주는 행동에 목마릅니다.
내가 당신에게 느끼는 모든 것이 결핍이에요.
아주 오래된 익숙함이지만.
만날 때마다 첫사랑인 것 같은 사람.
나는 미완성의 사랑을 완성시키기 위한.
연기를 하지 않을래요. 당신의 진솔한 노래처럼.
나의 마음도 담백하게 전할 수 있게 할래요.

관객 중 여성 관객을 중심으로 가슴을 부여잡고 눈에 하트를 그리는 모습들이 순식간에 퍼져나갔다.

아름다운 청년의 모습은 그 외모보다 그에게 나오는 미성의 목소리와 속삭이는 듯하지만, 귀에 정확히 내려와서 꽂히는 목소리가 더욱 매력적이었다.

비단 관객들뿐 아니라 각자의 집, 학교의 강당에서 모여 PC 화면을 보고 있는 여성들은 대부분 비슷한 감정을 느끼고 있었다.

무대에 불이 꺼지고 행복해 보이는 두 사람을 보던 사람들이 미소를 지으며 천막에 가린 여성에게 시선을 집중했지만, 천막 뒤에서는 아무런 말도 들리지 않았다.

잠시간 이어진 침묵에 관객들이 당황할 때쯤 울음 섞인 여성의 음성이 떨림을 억지로 참으며 흘러나왔다.

-나는 그와의 사랑이 영원할 거라고 생각했습니다. 하지만 1955년 발생한 베트남 전쟁에 참전한 그는 다시는 돌아오지 못했습니다.

관객들이 참지 못하고 소리를 질러댔다.
"이런!"
"또?"
"정말 전쟁은 참혹해!"

"신이시여! 어찌 한 여자에게 이리도 많은 시련을 주셨단 말입니까!"

분노와 슬픔에 찬 사람들의 웅성거림이 커지자 수석 비서관이 더욱 헤럴드 윈스턴의 눈치를 보기 시작했다. 아무 말 없이 그저 뻐딱하게 앉아 무대를 노려보고 있던 대통령의 눈빛이 깊어졌다.

불이 켜진 무대 위 작은 비석 앞에 무릎을 꿇고 앉은 여인은 훌쩍 커버려 어느새 20대 중반이 되어 있었다. 국화꽃 한 다발을 묘비 위에 올려둔 그녀가 묘비를 내려다보며 슬픈 눈으로 입을 열었다.

사람은 어른이 되어야만 한다는 비극을 안고 태어나요.
둥지와 안식을 떠나 삶이라는 전쟁터로 떠나야만 하죠.
사랑했던 모든 것을 잃고 사랑할 것들을.
다시 만들어 가야 하는 싸움은 비극이 아닐 수 없나 봐요.
왜 사랑의 깊이는 이별의 아픔으로만 깨닫게 될까요.
사랑은 스스로에게 길이 되고.
사랑은 스스로에게 벼랑이 되고.
사랑은 이 세상의 모든 이름이고.
사랑은 이 세상의 모든 말이에요.
크리스! 내 사랑 크리스 날 보고 있나요?

나는 후회가 돼요.

사랑하고 기대하는 것이 많아지고.

아쉬운 점이 많아져 당신에게 공연히 투정을 부렸던 것.

당신이 그저 내가 못된 성깔을 가졌다고 생각했을 텐데.

당신이 그런 나의 투정을 이해해 줘야 할 이유는 없었을
텐데.

그저 웃으며 나를 이해해 준 당신에게 단 한마디의 사과도.

할 수 없는 지금의 내가 후회가 돼요.

여인은 감정을 폭발시키지 않고 그저 조용히 묘비를 내려다
보며 노쇠한 노파가 읊조리는 듯 말하는 것과 같이 노래했고
그것은 감정의 폭발보다 더 큰 공명으로 관객들에게 다가갔
다.

연신 눈물을 훔치거나 분노한 듯한 얼굴을 한 관객들이 솟
구치는 감정을 주체하지 못할 즈음. 하얀 옷을 입은 건이 다시
나타났다.

일부 관객들이 크리스가 살아 돌아온 것으로 착각하고 환
호를 지르려 했지만, 건이 입은 옷을 보고는 이내 고개를 저으
며 낙담한 표정을 지었다.

건이 절망에 빠진 여성에게 다가와 그녀의 머리 위에서 볼
을 부풀리고 바람을 불었다.

음향 효과인지 큰 바람 소리가 나고 고개를 숙인 여성의 머리가 바람에 흩날렸다. 갑자기 불어온 바람에 고개를 든 그녀가 주위를 두리번거렸다.

　지금껏 감정을 폭발시키지 않았던 여성의 눈에서 폭포수 같은 눈물이 쏟아져 내렸다.

　굵은 눈물방울을 후드득 떨어뜨리며 연신 고개를 좌우로 돌려 무언가를 찾던 여성이 벌떡 일어나 양손을 가슴으로 모으고 노래했다.

　크리스 당신인가요?

　아주 잠시만이라도 당신과 함께할 수 있다면.

　나는 나의 꿈을 당신에게 줄 수 있어요.

　잠시라도 함께 있음을 기뻐하고.

　더 좋아해 주지 않음을 노여워하지 않고.

　이만큼 좋아해 주는 것에 대해 만족하고.

　나만 애태운다고 원망하지 않고.

　애처롭기까지 한 사랑도 할 수 있음을 감사하고.

　주기만 하는 사랑이라 지치지 않고.

　더 많이 줄 수 없음을 아파하고.

　깨끗한 사랑으로 오래 간직할 자신이 있어요.

　크리스 당신인가요?

이 바람으로 나에게 돌아왔나요?

여인이 눈물로 온 얼굴이 범벅되어 미친 사람처럼 주위에 불어오는 바람에 손을 내밀고 휘저었다.

그녀를 보고 있던 노먼이 자신도 모르게 흘린 한 방울의 눈물을 손으로 닦으며 한숨을 짓고는 슬쩍 옆자리의 카를로스를 보고는 실소를 지었다. 카를로스는 어느새 꺼내 든 손수건이 다 젖도록 울고 있었기 때문이다.

그녀의 뒤에서 바람을 불고 있던 건이 울고 있는 여성의 뒤로 다가와 포근하게 그녀를 안아주었다.

울다 지쳐 초점을 잃은 여성이 힘없이 손을 떨구었고, 건이 손을 올려 그녀의 목을 살짝 감싸고 어루만지며 노래가 아닌 대사로 속삭였다.

-삶은 계속되고 아직 꿈꿀 시간은 많아. 후회가 꿈을 대신하는 순간부터 인간은 늙기 시작한다. 하지만 울음을 참지 마라, 울고 싶을 때는 울어라. 눈물에 흘려보내고 인정하라.

관객들이 숨을 죽이고 음악이라는 존재가 내뱉는 말에 집중했다. 건이 소녀의 얼굴을 매만져 주다가 이번에는 그녀의 눈을 가렸다.

여인의 뒤에 선 아름다운 남자는 여성보다 더 예쁜 남자였기에 여성의 눈을 가리고 뒤에 선 건의 모습은 무척이나 매력적이었다.

고혹적인 표정을 지으며 새빨간 입술을 혀를 내밀어 살짝 핥은 건이 눈을 가린 여성의 귀에 속삭였다.

-음악이란 네 자신의 경험이고 지혜이다. 네가 느끼는 삶의 감정들은 모두 너의 음악에 담기게 될 것이다. 그저 행복하기만을 원하나? 너의 음악에 담길 감정은 단지 행복만이 아닌 세상의 모든 감정이 되어야 한다. 좋은 노래를 하기 위해 뻔뻔한 거짓말쟁이가 되지 말라. 진솔하고 담백하게 네가 느낀 감정을 대입해 노래하라. 그것은 진실의 소리로 대중의 귀에 내리꽂힐 것이다.

마치 악역과 같이 사악한 표정을 짓는 건이었지만, 사악하다기보다는 치명적으로 섹시해 보이는 모습에 여성 관객들이 입을 떡 벌렸다. 음악 전문가들은 건의 모습보다는 그 소리에 놀랐다.

특히 노먼은 자리에서 반쯤 일어나 입을 크게 벌리고 있었다.

"이…… 이런! 이런 목소리라니! 이건 인간이 내는 목소리가 아니야, 마치 신이 속삭이는 것 같다! 인간의 잣대로 옳고 그름을 판단할 수 없는 신의 사상이 담긴 목소리야!"

자기도 모르게 약간 큰 소리로 말해버린 노먼의 말은 주위 관객들에게 퍼져 나갔다. 건의 목소리로 울린 대사가 사람들의 마음에 파장을 일으키고 노먼의 설명까지 더해지자 사람들이 각자 가슴을 부여잡은 채 건에게 집중했다.

카를로스가 반쯤 일어난 노먼을 진정시키며 자리에 앉히고 속삭였다.

"노먼, 공연 중입니다. 흥분을 가라앉히세요."

그제야 정신을 차린 노먼이 주위를 바라보며 살짝 고개를 숙이고 자리에 앉았지만, 소파 끝에 간신히 걸터앉은 그는 건의 모습에서 눈을 떼지 못했다.

건이 여전히 울고 있는 여성의 눈을 손으로 가린 채 입을 열었다. 이번에는 대사가 아닌 잔잔한 노래였지만 건의 목소리는 날카로운 칼처럼 관객들의 폐부를 찔렀다.

흐르는 물은 글로 쓸 수 있지만.
흐르는 물의 소리는 글로 쓸 수 없다.
타오르는 불은 글로 쓸 수 있지만.
타오르는 소리는 글로 쓸 수 없다.
창과 방패는 글로 쓸 수 있지만.
그 둘이 부딪히는 소리는 글로 쓸 수 없다.

세상의 모든 전쟁으로부터 눈을 감고.

조용히 음악의 나라로, 그 믿음의 나라로 들어가라.

거기에서 너는 모든 절망과 고통들이 내지르는 소리를.

음악의 바다가 내는 파도 소리에 망각하게 될 것이다.

일상의 먼지를 영혼으로부터 씻어내는 것은.

오직 음악만이 가능하다.

세뇌를 하고 있는 듯 혹은 자신의 이야기를 강제로 여성의 머릿속으로 밀어 넣고 있는 듯한 건의 목소리를 들은 여성이 볼에 흐르는 눈물을 닦았다.

훌쩍거리며 가슴을 들썩거리던 여성이 조금씩 진정하는 듯하자 서서히 여성의 눈에서 손을 뗀 건이 뒷걸음질을 하며 어둠 속으로 사라졌다.

무대의 조명이 암전되고 다시 천막에 가려진 여성의 목소리가 울려 퍼졌다.

-나는 크리스를 잊기 위해, 나에게 속삭인 음악이 말해준 것처럼, 미친 사람처럼 음악에 몰두했습니다. 그 시절 흑인 여성이 오페라 무대에 선다는 것은 불가능한 일이었죠. 하지만 나는 단 하루, 단 한 시간도 허비하지 않았습니다. 사실 그것은 나의 꿈을 이루고자 하는 의지보다는 크리스를 잊기 위함

이었고, 동시에 그를 영원히 기억하기 위함이었습니다.

천막 뒤에 가려진 여성의 실루엣이 자리에서 일어났다. 천막 뒤에서 레온틴 프라이스가 걸어 나오자 사람들이 탄성을 질렀다.

90세가 넘은 그녀였지만 보라색 드레스를 입은 레온틴 프라이스의 자태는 노쇠한 음악가라기보다 아직 고고함을 잃지 않은 검은 백조 같았다.

레온틴 프라이스가 미소를 지으며 무대 앞으로 걸어 나오자 무대 양옆에서 그녀의 부모, 죽은 오빠와 줄리어드의 학생들이 모두 나와 그녀의 뒤에 섰다.

관객들 앞에 선 레온틴 프라이스가 잠시 관객들을 돌아보았다. 천천히 한 명씩 눈을 맞춘 그녀가 노래를 시작하자 많은 관객이 손에 땀을 쥐었다.

결이 굵으면서도 하이톤의 고음을 내는 그녀의 목소리는 편안히 앉아서 들을 수 있는 음색이 아니었다.

내 고향은 미시시피강.
작은 언덕, 그보다 더 작은 논밭을 지나.
고즈넉한 오솔길 가운데에 있었어요.
해마다 봄이 오면 피어오르는 가난을.

익숙한 듯 반갑게 맞아야 했던 그런 집이었지요.

레온틴 프라이스는 가난한 자신의 어린 시절을 되짚었지만, 그녀의 표정에는 슬픔이 없었다. 은은한 미소를 짓고 있는 그녀는 그저 옛 추억을 회상하는 노파와 같은 표정일 뿐이었다.

당신에게 말해주고 싶었는데.
당신이 떠나기 전에 내가 어떤 삶을 살았는지.
당신의 손, 꼭 붙잡고 나에 대해 말해주고 싶었는데.
먼 훗날 당신이 날 찾아오면.
잊었노라고 말할 거예요.
당신을 잊은 나를 나무라시면.
기다리다 지쳐 잊었노라고 말할 거예요.
그래도 당신이 서운하다 하시면.
믿기지 않아서 잊었노라고 말할 거예요.
오늘도 어제도 잊지 못했지만.
먼 훗날 당신이 날 찾아오면 잊었노라 말할 거예요.

학생 연기자들과 함께 서서 홀로 노래하고 있는 레온틴 프라이스의 뒤로 하얀 옷을 입은 건이 나타났다. 레온틴 프라이스가 뒤로 돌아 웃는 얼굴로 건에게 손을 내밀자, 건이 씩 웃으며 그녀의 손을 잡고 옆에 섰다.

함께 관객석을 바라보는 두 사람의 입이 동시에 열리는 것을 본 카를로스가 중얼거렸다.

"드디어 음악을 받아들이고 함께 노래하는 것인가? 세계적인 디바와 어떤 화음을 보여줄 거지, 케이?"

레온틴 프라이스는 여유롭게 웃고 있는 반면 건의 표정은 진지하고 약간 긴장한 듯했다.

마침내 두 사람의 입이 열렸을 때 노먼과 카를로스가 동시에 자리를 박차고 벌떡 일어났다.

아니, 그 두 사람뿐 아니라 관객석에 앉은 사람 중 반수 이상이 자리를 박차고 일어나 떨리는 눈으로 자신의 귀를 의심하고 있었다.

"여성 소프라노보다 더 높은 고음을 낸다고? 말도 안 돼!"

"이…… 이런 미친! 남자의 성대로 이 음역대가 가능하다고? 목이 터져 버리고 말 거야!"

눈을 부릅뜨고 노래를 하는 건의 목소리는 클라이맥스를 맞아 초고음을 노래하는 레온틴 프라이스보다 더 높은 음역대의 화음을 소화하고 있었다.

죽음보다 어려운 삶을 노래한다.

햇볕 좋은 겨울날 그 산길에서 만난.

은빛 화음이 나를 지탱하였다.

사랑을 잃고 나는 노래하였다.

잘 있거라, 내 짧은 밤들아.

창밖을 떠돌던 내 남은 사랑들아.

아무것도 모르고 그저 바람에 흔들리던 촛불들아.

내 남은 망설임을 대신하던 눈물들아.

더 이상 내 것이 아닌 열망들아.

장님처럼 남은 힘을 모아 문을 잠근다.

내 가슴에 남은 마지막 사랑이 도망가지 못하게.

일어나 몸을 떨며 건과 레온틴 프라이스의 목소리에 온 신경을 집중하던 사람들이 자기도 모르게 다리에 힘이 풀려 소파에 털썩 주저앉았다.

그리고 이것은 전파를 타고 온 세계로 전달되었고, 공연에 참석하지 못한 많은 사람에게 충격으로 전해졌다.

세계 유수의 음악 대학 성악과의 학생들과 교수진들이 충격에 입을 다물지 못했고, PC를 통해 공연을 지켜보던 수많은 기자들의 손이 바빠졌다.

더 이상 충격을 받는 것도 지쳤는지 소파에 몸을 깊숙하게 묻은 노면이 자신의 관자놀이를 매만지며 중얼거렸다.

"미치겠군…… 브롱스 동물원 때보다 더하잖아, 이건."

무대 뒤 커튼에 숨어 무대에 오른 건의 옆모습을 멍하니 보고 있던 키스카가 무대 뒷문을 빠져나와 공연 중이라 조용한 오페라 하우스의 복도를 쪼르르 뛰어갔다.

아무도 없는 복도를 뛰어가 오페라 하우스 관객석 뒷문을 조심스럽게 연 키스카의 눈에 무대 옆에서는 보이지 않던 무대의 전면이 들어왔다.

문을 열자마자 키스카를 맞아준 것은 화려한 무대도 아니고, 그 위에 빛나는 모습으로 노래하는 레온틴 프라이스와 건도 아니었다.

키스카가 가장 처음 느낀 것은 관객들의 집중력으로 인해 빚어진 후끈한 열기였다.

다른 또래의 아이들보다 몸이 훨씬 작아 여섯 살 정도로 보이는 키스카의 작은 몸이 문으로 빠져나오는 열기에 그대로 노출되었고, 더운 바람이 키스카의 하늘색 원피스를 펄럭이게 했다.

큰 눈을 동그랗게 뜨고 화려한 조명이 반짝거리는 무대를 보는 키스카의 눈에 레온틴 프라이스의 손을 잡고 눈을 크게 뜨고 집중해 노래하는 건이 들어왔다.

모든 것은 꿈에서 시작된다.

꿈 없이 가능한 일은 없다!

먼저 꿈을 가져라.

오랫동안 꿈을 그리는 사람은.

마침내 그 그림을 닮게 된다.

큰 꿈을 꾸어라.

만약 그 꿈이 깨어지더라도.

큰 꿈의 조각은 크게 남을 것이다.

건의 입을 통해 터져 나오는 초고음의 아리아가 작은 키스카의 몸을 꿰뚫고 지나갔다.

다리가 후들거리는지 맨 뒷좌석의 의자를 꼭 잡은 키스카가 떨리는 눈을 무대에서 떼지 못했다.

그저 장난같이 시작한 오페라 공연.

코릴리아노가 들려주는 음악과 프라이스의 시놉시스를 보고 떠오른 문장을 적고, 모든 문구에서 같은 빛이 나게 바꾸는 작업은 키스카에게 숨은그림찾기 같은 일종의 놀이였다.

하지만 그 결과를 보고 듣고 있는 키스카에게 그것은 더 이상 놀이가 아니었다. 그날 키스카는 태어나 처음 밤에 잠을 잘 때 꾸는 꿈이 아닌 다른 의미의 꿈을 꾸었다.

'저곳에 서지 않아도 좋아! 단지 빛나는 저곳에 가까이 있고 싶어!'

떨리는 다리를 고사리 같은 손으로 부여잡은 키스카의 귓가로 레온틴 프라이스와 건을 비롯한 학생 연기자들의 마지막 합창 소리가 들려왔다.

진지한 표정으로, 혹은 미소 짓는 표정으로, 또 다른 이는 환하게 웃는 표정으로 모두 함께 노래했다.

한발 앞으로 걸어 나온 레온틴 프라이스가 마지막으로 관객들과 세계인에게 전하고 싶은 메시지를 전하듯 관객 하나하나와 눈을 맞추며 노래하기 시작했고, 그의 뒤에서 눈을 감은 건이 양팔을 길게 뻗어 모두를 감싸 안고자 하는 듯 노래했다.

새로운 것을 배우고.
뭔가 새로운 것을 시도해라.
그리고 멋진 실수를 해보아라.
실수는 너의 자산이다.

다른 연기자들이 입을 다물고 살짝 고개를 숙이자 혼자 앞에 선 레온틴 프라이스가 관객들의 눈을 맞추며 카나리아의 울음소리 같은 맑은 목소리로 노래했다.

부족한 점에 대해 젊음을 핑계 대지 말아요.
또한, 나태함에 대해 나이와 명예를 핑계 대지 말아요.

꿈의 가장 큰 적은 두려움이랍니다.
당신이 인생에서 범하는 가장 큰 실수는.
실수할지도 모른다는 두려움에 사로잡혀.
도전하지 못하는 것입니다.

레온틴 프라이스가 왼쪽 가슴에 두 손을 올리고 관객들을
향해 포근한 미소를 지었다.

나를 보세요.
지금 당신 앞에 있는 나를 똑바로 보세요.
수많은 전쟁과 가난함을 겪어온 나를 보세요.
내가 당신의 미래길 바라지 않습니다.
당신은 나보다 나은 사람이 될 수 있으니까요.
나의 마지막에 하고 싶은 말.
당신에게 전하고 싶은 내 마지막 노래는.
오직 당신이 꿈을 꾸길 바라는 것.
어린 학생들도, 나이 많은 중년도.
아직 못 이룬 꿈이 있다면 부딪치세요.
그것이 내가 당신께 전하고 싶은.
마지막의 말입니다.

레온틴 프라이스의 마지막 대사를 끝으로 음악이 멈추고, 연기자들이 고개를 들어 관객 한 명, 한 명과 눈을 맞추었다.

그들은 눈으로 사람들에게 메시지를 보내려 하는 듯했다. 꿈을 가지라고, 포기하지 말라고, 그녀가 겪어왔던 지옥 같은 길을 보라고, 꿈을 꾸는 자의 화려한 마지막을 보라고.

연기자들의 침묵은 오래 계속되었다. 관객들은 그들의 메시지를 받고 각자 자신이 무엇을 포기하고 살아왔는지 고민하느라 박수를 칠 생각도 하지 못했다.

잠시 포근한 미소를 지으며 사람들을 바라보던 레온틴 프라이스가 살짝 무릎을 굽힌 후 뒤에 선 건을 돌아보았다.

얼마나 집중을 했는지 몸 전체가 땀으로 젖어버린 건이 그녀를 보며 환한 웃음을 짓자, 그녀가 양팔을 벌리고 건을 안아주었다.

♪♪

"고마워요, 케이."

감사의 인사를 전하는 그녀의 등을 만지며 웃음 짓던 건이 조용히 말했다.

"잘 가요, 세계의 디바. 레온틴 프라이스 교수님."

건의 말에 웃고 있던 레온틴 프라이스의 볼에 눈물 한 줄기가 흘러내렸다.

한 많은 인생을 살아오고도 꿈을 포기하지 않았던 그녀, 음악의 도움을 받아 삶을 지탱하며 결국 세계적인 디바가 되었던 90살의 레온틴 프라이스가 다시 스물두 살 오페라 '아이다'로 데뷔하였던 그 순간으로 돌아갔다.

첫 무대를 마치고 온몸을 휘감던 만족감을 다시는 느낄 수 없을 줄 알았던 레온틴 프라이스가 그때와 같은 느낌을 받으며 몸을 부르르 떨었다.

눈물 젖은 얼굴이었지만 자신이 지을 수 있는 가장 환한 웃음을 머금은 레온틴 프라이스가 관객석을 향해 한 걸음 나서서 정중히 인사를 했다.

어쩌면 그녀의 마지막 인사가 될지도 모르는 인사를 받은 관객 중 정신을 차린 노년의 여성이 손수건으로 얼굴을 닦으며 일어나 소리쳤다.

"브라비(Bravi)!"

할머니 관객의 울음 섞인 외침에 상념에서 깨어난 관객들이 벌떡 일어나 자신이 칠 수 있는 가장 큰 소리로 박수를 치며 환호했다.

"브라비(Bravi)! 브라비(Bravi)!"

"으아아아아아아아아아아아!"

"최고였습니다! 최고의 공연이에요!"

얼굴이 온통 눈물로 범벅된 노년의 신사가 소파에서 일어날 힘도 없는지 앉은 채 온몸을 들썩이며 박수를 보냈고, 아직 학생으로 보이는 여성이 손을 입으로 막고는 공연이 끝난 무대에서 아직도 눈을 떼지 못하고 울고 있었다.

노먼이 그런 관객들의 반응을 지켜보고는 고개를 끄덕였다.

'그녀의 마지막 공연. 이렇게 끝났구나, 당분간 전설로 남아 있겠지. 하지만 레온틴 프라이스. 당신은 만족하십니까? 관객들의 외침을 들어 보세요. 브라바(Brava)가 아니라 브라비(Bravi)라고 외치고 있습니다. 그것은 관객들이 이 무대의 주인공을 당신 혼자가 아닌 케이와 당신, 둘로 보고 있는 것이지요. 정말 만족하십니까, 교수님?'

노먼의 안타까운 눈에 우레와 같은 박수를 받으며 무대 위의 학생들을 하나하나 안아주고 있는 레온틴 프라이스가 비추어졌다. 모두를 안아준 레온틴 프라이스가 기쁜 표정으로 학생들에게 외쳤다.

"이제 내 꿈은 여러분들이 받아주세요."

건의 눈에 순식간에 노쇠하고 지쳐 보이는 레온틴 프라이스가 들어왔다.

공연 때까지만 해도 고고한 자태를 잃지 않았던 검은 디바는 마지막 공연 후 급격히 늙어 보였다.

건이 안타까운 표정으로 그녀의 팔짱을 끼며 부축하자 건을 보며 미소를 짓던 그녀가 나직하게 말했다.

"조금 힘드네요. 들어갈까요?"

"네 교수님. 제가 모실게요."

흥분한 관객들이 진정하지도 않은 시간에 건과 레온틴 프라이스가 무대를 내려가자, 커튼이 서서히 닫혔다.

뮤지컬이나 콘서트가 아니었기에 앵콜 요청은 없었지만, 끊임없이 박수를 보내며 커튼콜을 요청하던 관객들은 시간이 지나도 다시 열리지 않는 커튼을 보며 서서히 자리를 떴다.

공연이 끝난 무대를 PC로 지켜보던 기자들이 실시간으로 수백 개의 기사를 쏟아내기 시작했다.

[세기의 디바 화려한 마지막 뒷모습!]

[1억 이상 관객의 환호! 감격의 세 시간!]

[현세의 천사 케이의 아리아! 감동!]

[세계를 울린 흑인 디바의 마지막 메시지.]

[최고의 공연! 최고의 기획! 최고의 노래!]

[최고의 가사! 마음을 울리다! 키스카 미오치치의 재조명 특집.]

[존 코릴리아노, 나의 음악 중 최고였다!]

[영국의 비평가 노먼 레브레히트, 말이 필요 없는 공연이었다!]

관객들이 떠나고 난 텅 빈 무대.

아직 공연이 준 감동에 젖어 맨 뒤, 빈 소파에 홀로 앉아 멍한 표정으로 무대를 지켜보던 키스카의 눈에 무대 위 홀로 선한 여인이 보였다.

동그랗게 눈을 뜨고 자세히 그녀를 보던 키스카의 커다란 눈망울 가득 눈물이 맺혔다.

입을 오물거리며 고사리 같은 손가락을 들어 무대 위에 선그녀를 가리키던 키스카의 눈에 환한 미소를 지으며 양팔을 벌리고 있는 엄마의 모습이 보였다.

더 이상 만날 수 없을 거라 생각했고, 꿈에서 만날 때마다 매번 소녀 앞에서 죽어가던 엄마가 4년 만에 처음으로 자신의 앞에서 웃고 있었다.

꿈이란 것을, 환상이란 것을 이미 아는 나이가 된 키스카는 엄마에게 달려가지 않고 그저 가만히 바라보았다.

환하게 웃던 엄마가 무대를 내려와 텅 빈 관객석을 지나 계단을 올라왔다.

자신에게 다가오고 있는 엄마의 모습에 보며 굵은 눈물을 흘리며 가만히 앉아 있는 키스카에게 엄마가 손을 내밀며 말했다.

"키스카, 왜 울고 있어?"

손을 내민 엄마가 입을 열자 그 모습이 변했다. 키스카의 눈에 걱정스러운 표정으로 손을 내밀고 있는 건이 들어오자 소녀의 눈에서 더 많은 눈물이 쏟아지며 양팔을 내밀어 안아달라고 보채기 시작했다.

울고 있음에도 소리를 내지 못하는 소녀를 안타까운 눈으로 보던 건이 그녀를 안아 들고 눈물을 닦아주며 물었다.

"키스카? 무슨 일 있었어?"

건의 목을 꼭 껴안고 울고 있는 키스카는 그저 아무 말 없이 그의 목을 더욱 꼭 끌어안았다.

고개를 갸웃했지만 키스카의 등을 토닥거려 주기만 하던 건이 소녀를 안고 대기실로 향했다.

학생들이 먼저 자리를 떴는지 대기실의 거울 앞에는 눈물이 흘러 마스카라가 번진 레온틴 프라이스가 거울 앞에 덩그러니 혼자 남겨져 있었다.

무슨 말이든 건네려 하던 건이 멍한 표정으로 거울에 비친 스스로를 보고 있는 레온틴 프라이스를 한참 보다가 조용히 문을 닫고 대기실 밖 벤치로 가 앉았다.

여전히 자신에게서 떨어지지 않으려는 키스카를 내려다보던 건이 닫힌 대기실 문을 복잡한 눈빛으로 보았다.

'나의 마지막은 어떤 모습일까, 교수님같이 허무함의 소용돌이 속에 사라지게 될까?'

뮤지션의 마지막을 지켜보는 것이 처음인 건이 눈을 감고 상념에 잠겼다.

자신의 마지막 모습에 대해 한 번도 고민해 본 적 없기에 이런 시간과 생각의 편린이 그저 혼란스럽기만 한 건이었다.

한참 생각에 잠겼던 건의 어깨에 누군가의 손이 올라왔다. 타인의 손길에 화들짝 놀란 건이 고개를 들자 다시 화장을 고친 듯 화사하게 웃고 있는 레온틴 프라이스가 들어왔다.

"아! 교수님! 가실 준비 되셨어요?"

건이 황급히 키스카를 안고 일어나며 말하자 레온틴 프라이스가 살짝 고개를 끄덕이며 말했다.

"네, 이제 준비가 되었습니다. 이제 떠날까요?"

그녀의 말투가 심상치 않았던 것을 느낀 건이 쉽사리 답을 하지 못하자 미소를 지으며 먼저 발걸음을 떼 오페라 하우스 밖으로 이어진 입구로 걸어가는 그녀의 뒷모습이 무척 외로워 보였다.

키스카를 안은 채 하염없이 그녀의 뒷모습을 바라보던 건이 저 멀리 입구에서 자신을 보며 손짓하는 레온틴 프라이스를 보고는 황급히 발걸음을 옮겼다.

◈ 3장 ◈

Begin Again

이틀 후 새벽. 뉴욕 JFK 국제공항(JFK International Airport).

선글라스와 모자를 쓰고 넥워머로 얼굴을 가린 건이 큰 캐리어를 끌고 공항 입구로 들어섰다.

새벽임에도 많은 사람이 붐비는 공항 로비를 두리번거리던 건이 보딩 패스를 교환하는 곳 옆에 있는 8인용 의자에 앉아 핸드폰을 보고 있는 샤론을 발견하고는 급히 캐리어를 끌고 다가갔다.

핸드폰을 보고 있던 샤론이 누군가 다가오는 인기척에 고개를 들어 건을 알아보고 손을 흔들었다.

"여기에요."

"교수님!"

건이 캐리어를 옆에 세워두고 샤론의 옆에 앉으며 물었다.

"일찍 오셨네요? 프라이스 교수님은요?"

샤론이 핸드폰의 메시지창을 보여주며 말했다.

"코릴리아노 교수님이 모시고 오고 계세요. 아마 프라이스 교수님을 내려주고 바로 돌아가셔야 할 거예요. 코릴리아노 교수님은 오늘 오전부터 일정이 있으시거든요. 키스카 양은요?"

건이 어깨를 으쓱했다.

"그레고리가 해외여행은 허락해 주지 못하겠다고 해서, 저택에 두고 왔어요. 어찌나 울어대는지 떼놓고 오느라고 혼났지 뭐예요."

"호호, 키스카 양이 케이를 워낙 좋아해야 말이죠. 친오빠가 생긴 기분이겠네요, 키스카 양은."

"하하, 절 잘 따르기는 하죠."

"하지만 프라이스 교수님이 서운해하겠어요, 교수님이 많이 귀여워했는데."

"아, 어제 미리 전화로 말씀드렸어요. 알고 계실 거예요."

"그래요? 그럼 다행이네요. 여권 다 챙겨 왔죠?"

건이 가방을 열어 여권을 꺼내 들고 흔들며 웃자 샤론이 고개를 끄덕였다.

"아일랜드는 처음 가보는 거죠?"

건이 기대된다는 눈빛으로 크게 고개를 끄덕였다.

"네 꼭 가보고 싶은 나라였는데, 프라이스 교수님의 여행에 저를 끼워주셔서 너무 감사해요."

"호호, 가보고 싶은 나라였군요? 왜요? 아름다운 자연환경 때문에?"

건이 장난스러운 표정을 지었다.

"하하, 사실은 제 인생 영화를 찍은 곳들을 전부 가보고 싶거든요."

샤론이 고개를 갸웃하다가 영화를 떠올려 보고 미소 지었다.

"원스(Once)?"

"네, 맞아요, 2006년이었으니까 제가 아주 어릴 때였어요. 사실 개봉한 영화를 극장에서 본 건 아니고, 친구네 집에 놀러 갔다가 DVD로 본 영화였는데, 용돈을 모아 DVD와 앨범을 따로 구입할 만큼 한동안 푹 빠져 살았거든요."

"호호, 그렇군요. 어차피 목적지가 아일랜드 더블린이라 영화에 나오던 장소는 가볼 수 있을 거예요."

"혹시 슬래인 캐슬도 가볼 수 있을까요?"

"슬래인 캐슬이라……. U2가 라이브를 했던 곳 말이죠?"

"네, 라이브는 캐슬 밖에서 했고, 앨범 하나를 통째로 캐슬 안에서 녹음했다고 해요. 뮤직비디오에 잠깐 내부의 모습이 나오는데 너무 아름답더라고요."

"음…… 어차피 렌트를 할 테니까 이동하는 것에 문제는 없어요. 가는 것으로 하죠."

"하하, 신나네요!"

샤론이 장난스러운 눈으로 건의 옆구리를 찔렀다.

"프라이스 교수님의 은퇴를 기념해서 가는 여행인데 어째 케이가 더 신나 있네요?"

건이 모자 위로 머리를 긁으며 멋쩍게 웃었다.

"하하……. 그, 그런가요? 어! 저기 교수님 오시네요!"

건의 말에 반사적으로 자리에서 일어난 샤론의 눈에 크고 하얀 캐리어를 끌고 오는 노교수가 보였다.

오랜만의 여행이라 들떴는지 홍조 띤 얼굴이 공연 직후와 다르게 건강해 보였고, 명품 선글라스에 연보라색 바탕의 짙은 보라색 물방울무늬가 들어간 스카프를 멋들어지게 묶은 그녀가 만면에 웃음을 짓고 손짓했다.

"비행기 시간이 얼마 남지 않았어요! 보딩해야 하니까 이리 와요!"

샤론과 건이 급히 각자의 캐리어를 끌고 그녀에게 다가가 인사를 나누었다.

이틀 만에 보는 것이었지만 무척 반갑게 인사한 세 명이 비행기 티켓을 쥐고 짐을 부치러 줄을 섰다.

길게 늘어선 사람들이 선글라스와 넥워머로 얼굴을 가리고 있는 건을 힐끔거렸지만, 다행히 알아보는 사람은 없는 듯했다.

한참 기다려 먼저 티켓팅을 하고 짐을 부친 샤론과 레온틴 프라이스가 한쪽으로 비켜서자 비행기 티켓과 여권을 내민 건을 본 항공사 여직원이 고개를 갸웃한 후 여권을 열어 보고 경악한 눈을 했다.

말이 나오지 않는지 그저 입을 떡 하니 벌리고 여권에 찍힌 건의 사진과 이름을 멍하니 보던 여직원이 황급히 정신을 차리고 자신의 앞에 선 건을 보자, 건이 고개를 쑥 내밀고 아무도 모르게 선글라스를 벗은 후 웃어주었다.

검지를 입술에 올린 건이 미소를 지어주자 잠시 몽롱한 표정으로 자신의 본분을 잊고 있던 여직원이 어느 순간 화들짝 정신을 차리며 티켓팅과 짐을 부치는 작업을 도와주었다.

자신이 낼 수 있는 가장 친절한 어조와 표정으로 응대한 여직원이 수줍은 표정으로 펜과 종이를 내밀며 조용히 말했다.

"사인 좀 부탁해요, 케이. 제 이름은 마가렛이에요."

씩 웃음을 지은 건이 그녀가 내민 종이에 사인을 해주고 그녀의 이름까지 적어주자 만족한 표정을 짓던 여직원이 친절하게 입구의 위치를 알려주었다.

보안 요원에게 간단한 짐 검사와 티켓을 확인받은 세 사람이 공항 면세점으로 접어들었다. 샤론과 레온틴 프라이스는 나이가 많아도, 여성이라는 점은 어쩔 수 없었는지 화장품 코너를 연신 기웃거리며 쇼핑에 여념이 없었고, 혼자 남겨진 건이 캐리어를 지키다 조금 떨어진 곳에 보이는 인형 가게를 보았다.

'키스카가 분명 화가 많이 나 있겠지? 인형이라도 사다 줘야겠다.'

인형 가게에 들어선 건이 예쁜 토끼 인형을 집어 들었다. 왠지 모르게 키스카를 닮은 토끼 인형을 보고 한참 미소 짓던 건이 값을 지불하고 나오자 인형 가게 앞에서 건을 보고 있던 샤론이 미소 지었다.

"키스카 양의 선물인가요?"

건이 백에서 꺼낸 토끼 인형을 흔들어 보이며 장난스럽게 웃었다.

"키스카와 닮았죠?"

"호호, 그래요. 귀여운 키스카 양과 잘 어울리네요."

"휴, 그런데 무슨 인형이 이렇게 비싸요? 저 어릴 때는 비싼 로보트 장난감도 50달러는 안 넘었는데, 무슨 인형이 135달러인지 모르겠네요. 귀엽긴 하지만."

"요새 인형값이 좀 비싸긴 해요. 케이가 산 인형은 메이커도 있는 물건이고요."

두런두런 이야기를 나누며 게이트로 향하던 세 사람이 비행기에 올라탔다.

새벽부터 일어나 준비를 해서인지 음악을 듣기 위해 이어폰을 꽂고 눈을 감은 건은 금세 잠에 빠져들었다.

샤론이 레온틴 프라이스를 위해 일등석을 예매해서였는지 편안한 수면을 취한 건은 경유를 위해 비행기가 네덜란드에 착륙할 때가 되어서야 잠에서 깼다.

다른 비행기로 갈아타기 위해 비행기에서 내린 사람들 속에 섞여 게이트를 건너가던 건이 잠결에 눈을 비비기 위해 선글라스를 벗었다.

잠시 눈을 비비고 힐끔 옆을 바라본 건의 눈에 자신의 옆에서 캐리어를 끌며 걷고 있던 이십 대 여성이 경악한 눈으로 입을 뻐끔거리고 있는 것이 보였다.

황급히 선글라스를 썼지만 이미 자신을 알아본 것을 확인한 건이 재빨리 여성에게 다가가 속삭였다.

"잠깐만 이쪽으로 올래요?"

건이 여성의 손을 잡아끌고 구석진 곳으로 데려가자 여성이 정신없이 끌려가면서도 홀린 듯 건의 옆모습만 바라보고 있었다. 구석진 곳에 여성을 데려온 건이 선글라스를 벗으며 웃었다.

"사진, 사인 다 해드릴 테니까, 소란스럽게만 하지 말아주세요."

로또를 맞은 여성은 십여 분이 넘는 시간 동안 사인을 받고 사진을 찍어댔다.

오랜 시간 괴롭힘을 당한 건이 지친 표정으로 선글라스를 다시 끼고는 앞서간 샤론과 레온틴 프라이스를 뒤쫓았다.

이미 비행기에 탑승을 한 것인지 두 사람이 보이지 않자, 갈 아타야 하는 비행기에 혼자 오른 건이 먼저 앉아 이야기를 나누고 있는 두 교수를 불만스러운 눈으로 보았다.

"와, 저 안 왔는데 어떻게 먼저 타실 수가 있어요?"

이야기를 나누던 레온틴 프라이스가 입을 손으로 가리며 웃었다.

"호호, 아까 아가씨 한 명 끌고 구석으로 가는 것 다 봤어요. 젊은 케이가 마음에 드는 여성이라도 발견했다고 생각하고 방해하지 않으려고 먼저 온 건데. 삐진 건 아니겠죠?"

건이 좌석 위 짐칸에 기내용 작은 가방을 밀어 넣으며 실소를 지었다.

"무슨 말씀이세요. 선글라스를 벗고 눈을 비비다가 절 알아본 팬에게 사진을 찍어주고 온 거예요."

샤론이 손을 휘휘 저으며 장난스러운 웃음을 지었다.

"키스카 양한테 안 이를 테니 솔직하게 말해봐요, 케이. 호호."

건이 황당한 표정을 지으며 샤론을 내려다보았다.

"예? 키스카가 거기서 왜 나와요, 교수님?"

"호호, 아니었어요?"

건이 자리에 털썩 주저앉으며 고개를 저었다.

"교수님도 참. 키스카는 열 살이라고요."

샤론과 레온틴 프라이스가 웃으며 서로를 바라보다가 동시에 말했다.

"글쎄요? 키스카 양도 그렇게 생각할까요?"

"예에? 에이, 장난치지 마세요. 전 더 잘게요."

이어폰을 귀에 꽂은 건이 모자를 푹 눌러쓰고 누워버리자 레온틴 프라이스가 한참 건을 보다가 샤론을 향해 나직하게 말했다.

"모르는 걸까요?"

샤론이 건의 옆모습을 보며 슬쩍 고개를 끄덕였다.

"모를 만도 하죠. 옆에서 지켜본 케이는 여성이 자신에게 보이는 관심을 어떻게 받아들여야 하는지 아직 모르는 것 같았어요. 거기에 키스카 양은 너무 어리니까 생각도 안 해봤겠죠."

"음…… 그렇군요. 키스카 양이 상처받지 않아야 할 텐데."

"호호, 남녀 관계는 어찌 될지 모르는 겁니다, 교수님. 지금은 아니라도 키스카 양이 좀 더 크면 달라질 수도 있어요."

"호호호. 이거, 이거. 지켜보는 재미가 쏠쏠하겠군요?"

두 여인이 어떤 수다를 떨고 있는지 꿈에도 모르는 건이 이어폰으로 흘러나오는 노래에 정신을 맡기고 잠에 빠져들었다.

잠시 후 짧은 비행을 끝으로 아일랜드 더블린 국제공항(Dublin Airport)에 내린 건이 낮고 작은 집들과 자연이 어우러진 아일랜드 시내의 모습을 정신없이 보았다.

공항 앞에서 렌터카를 인계받은 샤론이 운전하는 차에 탄 뒤에도 창문에 붙어 밖을 구경하는 건의 모습을 사람 좋은 미소로 보고 있던 레온틴 프라이스가 저 멀리 보이는 더블린 시내를 가리키며 말했다.

"이곳이 버스킹의 천국, 아일랜드 더블린이에요. 밝게 빛나기 시작하는 뮤지션들이 처음 대중 앞에 서는 곳이기도 하지요."

영화에서 보았던 더블린 시내가 눈에 들어오자 설레는 표정을 감추지 못한 건이 흥분에 찬 목소리로 소리쳤다.

"으와와! 빨리 가보고 싶어요! 아일랜드 사람들은 어떤 노래를 할지, 영화에 나오는 장소들을 눈으로 직접 보면 어떨지 너무 기대되네요, 교수님!"

"호호, 그래요. 마음껏 보고 즐기세요."

운전하던 샤론이 손을 들어 손가락을 까딱였다.

"일단 숙소부터. 프라이스 교수님은 연세가 많으시다는 것을 잊지 말아요, 케이."

레온틴 프라이스의 쪼글쪼글한 손을 바라본 건이 흥분을 가라앉혔지만, 여전히 창밖으로 보이는 아름다운 도시의 풍경에서 눈을 떼지 못했다.

조그만 집들이 다닥다닥 붙어 있었지만, 자연경관과 어우러져 답답한 느낌이 없는 도시의 모습이 건의 가슴을 시원하게 만들었다.

♪♫♩

더블린 시내를 가로지르는 리피강을 끼고 있는 더 모리슨 어 더블트리 바이 힐튼 호텔(The Morrison, a DoubleTree by Hilton Hotel)에 도착한 이들이 각자 따로 방을 잡고 짐을 풀었다.

저녁 시간이 조금 지나 피곤함을 호소한 두 사람 덕에 오늘은 호텔에서 쉬자고 결론 낸 이들이 각자 방에서 휴식 시간을 가졌다.

두 사람에 비해 젊은 건은 호텔 창밖으로 보이는 리피강을 보며 아쉬운 마음을 달랬다.

한참 침대를 뒹굴거리며 심심함을 참던 건이 결국 참지 못하고 침대에서 벌떡 일어났다.

'그래! 시내만이라면 괜찮지 않을까? 그냥 잠시 산책하는 셈 치고 혼자라도 나가보자!'

지갑과 여권만 챙긴 건이 캐리어를 뒤져 옷을 꺼내 입었다. 핸드폰 사진이라도 남기고 싶었는지라 여러 번 옷을 갈아입으며 괜찮은 룩을 찾던 건이 짙은 블루 디스트로이드 진을 입고, 검은 셔츠에 무릎까지 오는 긴 카키색 야상을 꺼내 입었다.

챙이 긴 모자를 푹 눌러쓰는 것이 싫었던 건이 앞머리를 내리고 위에 챙이 동그란 카키색 보터(Boater) 모자를 쓰고 선글라스를 꼈다가, 밖이 이미 어두워진 것을 보고는 선글라스를 내려두고 두꺼운 실로 짠 니트 목도리를 둘둘 말아 코 부분까지 가렸다.

눈만 내놓고 얼굴을 모두 가린 건이 거울 앞에서 만족스러운 표정을 짓고는 야상 주머니에 손을 집어넣고 호텔 로비로 나갔다.

호텔 앞에서 대기하고 있던 택시에 순서를 기다려 탄 건이 기사에게 말했다.

"그래프턴 스트리트(Grafton Street)로 가주세요."

뚱뚱한 백인 기사가 차를 출발시키며 룸 미러로 보이는 건의 모습을 보며 물었다.

"옷차림을 보니 그쪽도 음악 하는 분인가 보군요? 그래프턴 스트리트에는 버스킹을 보러 가시는 겁니까?"

"하하, 네 맞아요. 영화에도 나온 곳이니까 꼭 가보고 싶어서요."

"허허, 그 영화 덕에 외국인 관광객이 많이 오고 있지요. 영화에 나오는 악기점은 하도 손님이 많아서 증축을 했을 정도라니까요?"

"아, 주인공 두 사람이 피아노를 치던 가게 말이죠?"

"월튼(Waltons)이라는 가게죠. 사우스 그레잇 조지 스트릿(South Great George's Street)에 있으니 한번 가보세요. 지금 가고 있는 그래프턴에서 그리 멀지 않습니다."

"좋은 정보 감사해요."

"허허, 더블린에서 좋은 추억을 만드시길."

친절한 기사와 잠시 이야기를 나누던 건이 그래프턴 스트릿에 도착했을 때는 이미 해가 완전히 져서 어두운 시간이었다.

번화가답게 어두워진 시간에도 많은 간판들 불이 켜져 있어 화려한 불빛이 가득한 거리에는 많은 사람이 각자의 길을 가고 있었다.

그사이 드문드문 서서 버스킹을 하는 사람들의 모습을 본 건이 반색하며 웃음을 지었다.

맨 먼저 만난 예술가는 음악가가 아니었다. 마임을 하는 할아버지였는데 몸과 얼굴에 녹색 분장을 하고 아일랜드 전통 모자를 쓴 우스꽝스러운 모습으로 팬터마임을 하고 있었다.

사람들은 그저 길을 걸으며 힐끔거리고 지나가고 있었는데 소수의 사람과 아이들만이 관심 있는 눈으로 발걸음을 멈추고 마임을 보고 있었다.

한참 할아버지의 모습을 보고 있던 건이 1유로(약 1,300원)를 꺼내 할아버지 앞에 놓인 깡통에 넣자 할아버지가 고개를 살짝 숙이며 우스꽝스러운 표정을 지었다.

웃음을 지어 보인 건이 약 50m가량 떨어진 곳에 있는 또 다른 예술가를 찾았다.

영화 원스가 세계적인 히트를 기록한 후 많은 사람이 버스 킹을 즐기러 아일랜드로 모여들었고, 결국 그래프턴 스트릿에 는 예술가들이 서로 방해하지 않도록 50m 이상 떨어져 공연 하라는 규칙을 만들었다.

할아버지의 마임 공연장에서 채 열 걸음도 걷기 전에 건의 귀로 기타 소리가 들려오자, 건이 무척 놀란 표정을 지었다.

"이건…… 내 노래잖아?"

그래프턴 스트릿에서 버스킹을 하는 음악가는 건의 노래인 'If I could change the world'의 전주 부분을 연주하고 있었다.

놀란 건이 급히 발걸음을 옮겨 다가가 보니 턱수염이 가득 하지만 이십 대 중반 가량으로 보이는 젊은 남자가 멋들어진 투블럭 헤어를 하고 기타를 치고 있는 것이 보였다.

오가는 사람들이 케이의 노래를 하는 것에 관심이 생겼는 지 꽤 많은 사람이 멈추어 서서 그의 노래를 기다렸다.

사람들 사이를 비집고 들어가다 결국 조금 뒤의 자리에 서 보게 된 건이 신기한 눈으로 사내를 보았다.

'내 노래가 누군가에게 불리고 있구나. 다른 곳에서도 이런 일이 있는 걸까?'

아직 세계적인 스타로서 자각이 부족한 건은 자신의 노래 가 얼마나 많은 길거리 예술가들을 통해 불리고 있는지 알지 못했다.

그저 이런 광경을 처음 보아 신기한 마음만 드는 건이었다. 기타를 연주하는 사내의 연주를 듣고 있던 사람들이 조금씩 고개를 까딱이며 리듬에 몸을 실어가자, 신기한 눈으로 사람들을 바라보던 건의 얼굴이 미소가 떠올랐다.

자신의 노래를 들어주고 있는 사람들을 신기하고, 만족스러운 눈으로 보고 있던 건이 주변에 있던 아일랜드의 젊은 여성 세 명이 서로 대화하는 소리가 들리자 그녀들의 대화에 귀를 기울였다.

"케이 노래는 언제 들어도 좋아. 그렇지 않아?"

"맞아, 뭔가 마음이 편해져."

"이번 오페라 공연 봤어?"

"당연하지! 나 진짜 온몸에 소름 돋았어. 마지막에 그거 봤어?"

"웅! 초고음 말이지? 나 정말 그거 보다가 어찌나 소리를 질렀는지, 엄마한테 혼났어. 근데 웃기는 건 우리 엄마한테 보여줬더니 자기도 소리를 지르더라고, 호호."

"진짜 세기의 공연이었지. 근데 제목은 레온틴 프라이스의 은퇴 공연이었는데 난 케이밖에 안 보이더라."

"호호, 계집애야 그건 네가 케이한테 흑심이 있으니까 그렇지!"

"어머, 얘 봐? 그럼 넌 없니?"

"호호호, 있지! 난 케이가 딱 한 시간만 사귀자고 해도 사귈 거야."

"한 시간? 어머나 진짜?"

"그럼! 넌 안 할 거야?"

"음…… 나라면…… 하겠지?"

"거봐!"

자기가 있는 자리인 줄 모르고 하는 말이겠지만 왠지 조금 쑥스러워진 건의 귀로 전주를 끝낸 사내의 노랫소리가 들려왔다.

사내는 그저 아마추어 예술가가 하는 수준으로 노래했지만, 그래도 들어줄 만했는지 자리를 뜨는 사람보다는 자리를 지키는 사람이 더 많았다.

남의 노래를 해본 적은 있지만 남이 자신의 노래를 하는 것을 들어본 적 없던 건이 가만히 귀를 기울이다 자기도 모르게 사내가 내뱉는 가사를 작게 따라 불렀다.

If I could change the world.

(내가 세상을 바꿀 수 있다면.)

Back in time, I'll be back then.

(시간을 되돌려서, 그때로 돌아갈 텐데.)

178 악마의 음악 9

작은 목소리였지만 건의 옆에 서 있던 세 여자가 놀란 표정으로 건을 돌아보았다. 앞에 서서 노래하고 있는 예술가에게 시선을 주고 있던 건의 옆모습을 본 여자가 눈을 동그랗게 뜨고 서로를 쳐다보고는 귀에 신경을 집중했다.

When I had to hide in a place where no one knew.

(아무도 모르는 곳에 숨어 그저 바라만 봐야 했던 그때.)

If you can go back then and save you.

(그때로 돌아가 당신을 구할 수 있다면.)

눈을 마주치고 있던 세 여자의 눈이 경악으로 일그러졌다. 세 사람이 고개를 모으고 다급히 속삭였다.

"바, 방금 들었어?"

"어, 어! 완전 케이 CD 틀어놓은 것 같아!"

"케이보다 더 엄청난 거 아냐? 목소리 대박인데?"

세 여자가 다시 고개를 돌려 건을 보았다.

보터 모자를 멋들어지게 머리 위에 얹고 검은 머리를 눈썹 선까지 내린 남자는 코 부분까지 목도리로 가려져 있었지만, 언뜻 보이는 눈매만으로도 엄청난 미남임을 한눈에 알아볼 수 있었다.

세 명의 여자 중 가장 외모에 자신 있던 여자가 긴 금발 머리를 귀 뒤로 넘기며 얼굴에 살짝 홍조를 띠었다.

나머지 두 명의 여자가 그녀의 등을 밀며 속삭였다.

"베르닌, 너 지금 반했지?"

"가서 말 걸어 봐. 우리 중에 네가 제일 낫잖아."

베르닌이 자신의 등을 떠미는 친구들의 팔을 뿌리치며 말했다.

"아, 하지 마. 갑자기 뭐라고 말해?"

"너 그런 거 잘하잖아. 지난번 템플바에서 잘생긴 미국인 꼬드겼으면서!"

잠시 친구들을 흘겨보던 베르닌의 귀로 다시 남자의 노랫소리가 들려왔다.

하지만 마이크로 버스킹을 하는 예술가의 목소리에 소리가 묻혀 버리자 짜증 난다는 눈으로 무대에서 노래하는 남자를 보며 중얼거렸다.

"저것도 노래라고."

이런 사정을 모르는 건이 계속 나지막한 목소리로 노래를 따라 불렀다.

클라이맥스로 가는 연주 덕에 건의 목소리가 약간 커지자 건의 주위에 있던 사람들이 어느새 건과 약간 거리를 벌리고 건을 보기 시작했다.

아무것도 모르고 웃으며 노래를 따라 하는 건을 본 예술가가 갑자기 연주를 멈추고 마이크에 입을 댔다.

"거기 보터 모자를 쓴 남자분?"

사람들의 시선이 모두 건에게 집중되자 한두 걸음 뒷걸음질 친 건이 어색하게 웃으며 주위를 두리번거렸다. 거리의 예술가가 다시 건을 불렀다.

"거기 목도리 하신 분. 잠시 이리 나와주시겠어요?"

이때다 싶었던 베르닌이 건에게 다가가 야상의 팔 부근을 살짝 당기며 부끄러운 듯한 표정으로 말했다.

"나가 봐요. 그쪽이 노래하는 것 다 들었어요."

건이 당황한 눈으로 베르닌을 보다가 모두의 시선이 자신에게 집중되어, 나가지 않으면 남의 공연을 망칠 것 같은 느낌에 하는 수 없이 무대로 나섰다. 기타를 메고 있던 남자가 손을 내밀며 악수를 청했다.

"비마드(Beamard)라고 합니다."

건이 그의 손을 잡고 이름을 말하려 하다 머뭇거렸다. 잠시 생각해 본 건이 피식 웃으며 말했다.

"건입니다."

"건? 총 말인가요? 별명인가 보네요?"

"하하, 아니에요. 우리나라의 이름일 뿐입니다."

"아, 여행객이시군요. 어쩐지 익숙하지 않은 검은 머리다 싶었습니다."

비마드가 자신을 둘러싼 약 스무 명의 관객들을 죽 돌아보고는 건에게 말했다.

"사람들이 제 노래보다는 그쪽 노래에 관심을 가지더군요. 음악을 하는 분인가요?"

"네, 학생입니다."

"그렇군요. 저는 노래를 하는 사람이 아니라 연주가입니다. 노래는 그저 그렇다는 것을 스스로 알지요. 오늘 버스킹을 마지막으로 아일랜드를 떠나야 하는 저에게 당신과 함께 노래할 기회를 주시겠습니까?"

"아, 떠나세요?"

"네, 저 역시 공부를 하러 영국으로 갑니다. 오늘이 내 고향 더블린에서의 마지막 밤이죠."

건이 잠시 고민하는 표정으로 사람들을 둘러보았다.

약 스무 명가량의 사람이 지켜보고 있었지만 유동 인구가 많은 거리인 만큼 그냥 지나쳐 걷고 있는 사람의 수는 언뜻 수천이 넘어 보였기 때문이다.

아일랜드 사람 특유의 여유로운 발걸음과 밝은 웃음의 거리를 지켜보던 건이 피식 웃으며 비마드를 돌아보았다.

"좋아요. 당신의 마지막 밤을 함께할 수 있어 진심으로 영광입니다."

기타를 메고 선 비마드의 옆, 조그만 앰프에 비스듬히 기대어 있는 또 하나의 기타가 건의 눈에 들어왔다.

건이 기타 앞에 서서 허리를 숙이고 기타를 살펴보자 비마드가 물었다.

"기타를 칠 수 있나요?"

건이 웃으며 고개를 끄덕이자 손을 내밀며 기타를 권하는 비마드였다.

"같이 칠까요?"

"제가 당신 기타를 연주해도 될까요?"

"그럼요, 그리 비싼 기타도 아니에요. 얼마든지 치셔도 됩니다."

건이 기타를 들어 올려 찬찬히 기타를 살펴보았다. 유려한 드레드닛 바디를 가진 기타는 아주 오래된 수제 기타로 보였다.

어깨에 기타 스트랩을 멘 건이 비마드를 돌아보자, 그가 'If I could change the world'의 전주를 연주하기 시작했다.

가만히 그의 모습을 보다가 트리플 기타 중 세컨드 기타의 연주 부분을 치고 들어가는 건의 연주를 본 비마드가 놀라 눈을 크게 떴다.

주위에 있던 관객들이 두 남자의 멋들어진 연주를 보며 환호하기 시작하자, 길을 걷던 사람들이 하나둘씩 몰려들기 시작했다.

비마드는 건이 트리플 기타가 연주되는 부분에 마치 두 개의 기타를 연주하는 듯 신들린 연주를 하는 것을 보고 입을 떡 벌렸다. 관객들도 마찬가지였는지 손이 여러 개로 보일 만큼 빠르게 위아래의 플랫을 오가는 건의 손을 멍하니 보고 있었다.

마침내 보컬 라인이 합류하는 지점이 다가오자 건이 비마드를 보았다. 비마드가 자신 앞에 있는 마이크를 눈짓하며 한발 물러서자 웃음을 지은 건이 마이크 앞으로 다가왔다.

If I could change the world.

(내가 세상을 바꿀 수 있다면.)

Back in time, I'll be back then.

(시간을 되돌려서, 그때로 돌아갈 텐데.)

건의 목소리가 그래프턴 스트릿에 울려 퍼지자 여성들의 날카로운 비명이 터져 나왔다.

"꺄아아아아악!"

"엄마, 어떡해! 진짜 케이 같아!"

"케이보다 잘 부르는 것 아니야? 케이도 이런 길거리 버스킹에서 저 정도는 아닐 거야!"

"뭐 하는 사람일까? 진짜 가수 아냐?"

비마드가 놀란 얼굴로 멍하게 건을 보다가 기타를 치며 앰프 쪽으로 다가가 마이크 볼륨을 올렸다.

When I had to hide in a place where no one knew.

(아무도 모르는 곳에 숨어 그저 바라만 봐야 했던 그때.)

If you can go back then and save you.

(그때로 돌아가 당신을 구할 수 있다면.)

높여진 볼륨 소리가 그래프턴 스트릿에 울려 퍼지자 조금 멀리 떨어져 있던 행인들이 일제히 버스킹 현장으로 고개를 돌렸다.

잠시 그 자리에 서서 귓가로 들리는 건의 목소리를 들은 사람들이 놀란 표정을 지으며 소리가 들려오는 곳으로 모여들기 시작했다.

건이 고개를 약간 숙여 모자챙으로 얼굴을 가린 후 목도리를 살짝 내리고 마이크에 입을 가까이 댔다.

If I could be Your child even for a day.

(단 하루 동안만이라도 당신의 자식이 될 수 있다면.)

I'd take you as my queen.

(당신을 여왕으로 받아들일 수 있을 텐데.)

But for now I find.

(그러나 이제야 알았어요.)

It's only in my dreams.

(그것은 단지 나의 환상이라는 것을.)

비마드는 관객들이 모여들자 신이 나는 듯 오버하며 기타 연주를 시작했다. 곧 애드립 부분이 나오자 앞으로 나서며 솔로 연주를 치고 나가는 비마드를 본 건이 조용히 웃음 지으며 다른 기타 애드립 부분을 받았다.

완벽한 연주로 하나가 되는 두 사람의 연주를 보던 관객들이 손을 머리 위로 들고 박자에 맞게 박수를 치기 시작했다. 사람들의 박수 소리를 드럼 삼아 연주하던 두 사람의 손이 점점 빨라졌다.

박수를 치던 사람들이 클라이맥스 연주를 하는 두 사람의 빠른 손놀림을 보고 박수를 멈춘 채 멍한 얼굴로 두 사람의 기타만을 바라보았다.

눈을 감고 땀을 흘리며 연주하던 비마드는 일생일대의 연주 순간이 영원히 이어지길 바랐다. 결국, 클라이맥스 부분을 넘어 같은 구간을 두 번이나 연주하고 나서야 멈춘 애드립 구간이 끝나자, 건이 마지막 가사를 뱉었다.

If I could change the world.

(내가 세상을 바꿀 수 있다면.)

I would be the sunlight in your universe.

(내가 당신 세상의 빛이 되어 드리겠어요.)

Sweetheart, if I could change the world.

(그대여, 내가 세상을 바꿀 수만 있다면 말이죠.)

And I Know there'll be no more tears in heaven.

(그리고 천국에는 더 이상 눈물이 없을 거란 걸 난 알아요.)

마지막 가사와 동시에 내리그어진 기타의 공명을 기타를 떨리게 하며 느끼던 비마드의 감은 눈이 떠졌을 때 자신의 눈앞에 삼백 명이 넘는 사람들이 일제히 박수와 환호를 보내는 것이 보였다.

"으아아아! 멋있다!"

"최고다!"

"꺄아아악! 길거리에서 이런 수준의 공연을 보다니!"

"진짜 오늘 운 좋다! 꺄악!"

"이름이라도 알려 줘요! 앨범이 나오면 꼭 살게요!"

비마드가 얼떨떨한 얼굴로 환호를 보내는 관객들을 보았다. 사실 비마드는 그래프턴 스트릿에서 네 번의 버스킹을 했다.

그때마다 스무 명가량의 팬들이 박수를 보내주었지만 이렇게 많은 사람이 환호해 주는 것은 처음 느껴보는 것이었다.

잠시 몸을 부르르 떨며 관객들이 보내주는 환호에 정신을 놓았던 비마드가 한참 만에 눈을 떠 기타를 앰프 옆에 세워두고 웃음 짓고 있는 건을 보았다.

기타의 멜빵을 풀어 바닥의 스탠드에 놓아둔 비마드가 건에게 손을 내밀며 감격에 찬 얼굴로 말했다.

"고맙습니다! 최고의 연주, 최고의 노래였습니다! 제게 좋은 추억을 남겨주어 정말 행복합니다!"

건이 그의 손을 마주 잡고 웃자 비마드가 건의 손을 번쩍 들고 아직 박수를 보내주고 있는 관객들을 향해 인사했다.

"꺄아아아!"

관객들이 아직 놀라움이 가시지 않았는지 환호를 질러댔다.

"한 곡만 더 해주세요!"

"맞아! 한 곡만요!"

"제발! 한 곡 더 들려주면 지갑에 있는 돈 다 드릴게요!"

사람들이 재빨리 주머니를 뒤져 잔돈을 꺼내 비마드가 열어둔 기타 하드 케이스에 던지기 시작했다.

수많은 동전과 지폐들이 빠르게 쌓여가는 것을 본 비마드가 함박웃음을 지으며 건을 보자, 건이 슬쩍 고개를 끄덕이며 다시 기타의 어깨끈을 메었다.

건이 비마드에게 다가가 기타를 내밀며 말했다.

"생소한 노래겠지만, 코드가 그리 어렵지는 않을 거예요.

C-F-C-F-Am-G-Am-G 반복이고, 기본 스트로 주법이면 됩니다. 가능하겠어요?"

비마드가 건이 알려준 코드를 집어보며 물었다.

"박자는요?"

"4분의 2박자예요."

"오케이, 별로 어렵지 않네요. 이게 무슨 노래예요?"

건이 씩 웃으며 마이크를 잡았다. 건이 다시 마이크를 잡자 환호하던 관객들이 금방 조용해졌다.

사람들을 돌아보던 건이 마이크에 입을 대고 말했다.

"얼마 전에 제가 불렀던 노래입니다. 아니, 정확히는 제가 아니라 제가 존경하는 분이 부른 노래죠. 그리고 제가 무척 사랑하는 사람이 쓴 가사이고, 또 다른 존경스러운 분이 곡을 만드셨습니다. 오늘 아일랜드에 온 첫날. 이렇게 즐거운 밤을 선물해 준 여러분에게 이 노래를 들려 드릴게요. 아쉽게도 이 노래는 제목이 없네요. 하하."

건이 비마드를 돌아보며 고개를 끄덕이자 비마드가 건이 알려준 코드를 천천히 연주했다.

그가 연주하는 스트로크 주법에 같은 코드의 아르페지오 기타 연주를 얹은 건이 신비스럽고 조금은 외로운 연주를 하며 하늘에 뜬 달을 바라보았다.

건이 고개를 들어 달을 보자 자기도 모르게 고개를 들어 건

이 보는 달을 보던 관객들의 귓가에 무척이나 쓸쓸한 건의 목
소리가 들려왔다.

멀고 외로운.
검은 조랑말, 큰 달.
그리고 내 안장에 산딸기.
평원 속으로, 바람 속으로.
검은 조랑말이 붉은 달을 보고 있다.

관객들이 너무 외로워 보이는 건의 목소리에 놀라고 있을 때
건의 등을 떠밀던 베르닌이 놀란 표정으로 건을 손가락질했다.
"이, 이거! 오페라 공연에서 나온 노래야!"
사람들이 갑자기 소리를 지르는 그녀에게 매너 없다는 듯
한 눈빛을 보내다가 이내 방금 모자를 쓴 남자가 했던 말을
떠올렸다.

'제가 무척 사랑하는 사람이 쓴 가사이고, 또 다른 존경스러운
분이 곡을 만드셨습니다.'

팔짱을 끼고 있던 중년의 부부가 중얼거렸다.
"설마…… 케이는 아니겠지?"

"그, 그렇겠지? 에이 아니겠지 그 사람이 여기를 왜 와?"

노래와 연주에 집중하고 있던 건이 사람들의 변화를 눈치채지 못하고 눈을 감은 채 노래에 집중했다.

새벽 꽃이 벌써 자기를 열었다.

달의 찬 냄새에 콧김을 내뿜은 검은 조랑말이.

검은 등에서 솟아오른 하얀 날개를 펄럭이며.

하늘로 날아간다.

맨 처음 소리를 질렀던 베르닌의 눈빛이 몽롱하게 변했다. 자기도 모르게 깍지를 낀 손을 배배 꼬고 있던 베르닌이 친구를 보며 말했다.

"이 노래를 남자가 부르면 이런 느낌이 나는구나. 진짜 좋다, 그렇지?"

옆에 있던 빨간 머리 여성이 손으로 자신의 볼을 만지며 말했다.

"진짜, 반할 것 같아. 나 어떡해?"

"근데 이 노래 엄청 외로워 보인다."

"이거 오페라에서 혼자 줄리어드까지 산길을 걸어가는 소녀가 부르는 노래야."

"아, 그래서 외로운 느낌이 나는구나?"

"응, 나 PPV 볼 때 따로 PC 프로그램으로 녹화했다가 네 번이나 다시 봤거든."

건의 노래가 끝나자 다시 한번 관객들의 환호가 터져 나왔다.

환호와 박수를 받은 건이 손을 올려 인사하자, 옆에 서서 기타를 연주하던 비마드가 건과 하이 파이브를 하려고 손을 올렸다.

사람들에게 인사를 하고 있느라 그 모습을 보지 못한 건이 비마드 쪽으로 고개를 돌리다 그의 손에 의해 모자가 벗겨졌다.

"아! 죄송합니다, 하이 파이브를 하려고 했던 것인데…… 헉?"

비마드가 놀란 얼굴로 손가락을 들어 건의 얼굴을 가리켰다.

"케, 케, 케, 케, 케이!"

"꺄아아아아아아!"

"지, 진짜다! 진짜 케이다!"

"아아아악! 봐! 내가 말했잖아! 케이 맞잖아!"

"으아아앙! 내가 케이를 실제로 보다니! 아니 케이가 아일랜드에 오다니!"

어쩔 줄 모르고 발을 동동 구르는 관객들 앞에 모자가 벗겨진 채 어색한 웃음을 짓던 건이 예상과 달리 사람들이 일정 거리 이상 다가오지 않자 미소를 지으며 목도리를 목 아래로 내렸다.

"아아악! 엄청 잘생겼어! TV로 볼 때보다 더 잘생겼어! 어떡해!"

"사진! 사진 찍어줘! 나 사진 찍어줘 빨리!"

"나부터 찍어 계집애야! 자 핸드폰!"

소리를 질러대는 사람들이 늘어나자 더 많은 사람이 모여 어느새 버스킹을 하는 거리는 이미 오백여 명이 넘는 사람들이 모였다.

얼빠진 표정으로 건을 보고 있던 비마드를 보며 실소를 지은 건이 한 손을 올리며 마이크에 입을 대었다.

"안녕하세요, 아일랜드 여러분? 케이입니다."

"꺄아아아아아악!"

"세, 세상에!"

"케이! 오페라 공연은 최고였어요!"

"아일랜드에는 언제 온 거예요?"

"꺄악! 어떡해! 진짜 잘생겼어!"

"아아아아아악!"

순식간에 그래프턴 스트리트에 사람들이 몰려들었다.

건이 웃는 표정으로 사람들에게 손을 흔들어주고 있을 때 멍한 표정에서 정신을 차린 비마드가 건의 등을 건드리며 다가와 조용히 속삭였다.

"잠깐 뒤로 오세요."

"예? 어디로요?"

비마드가 건의 팔을 잡아당겨 버스킹을 하던 건물과 건물 사이의 조그만 골목길로 건을 밀어 넣었다. 아직 구경하던 사람들이 비마드가 건을 골목길로 밀어 넣자 소리쳤다.

"아! 뭐야? 어디 가는 거예요?"

"맞아! 비켜봐요!"

비마드가 건을 가리고 선 후, 한 손을 들고 능글맞게 웃으며 말했다.

"하하하……. 여러분 잠시만 기다려 주세요, 잠깐 논의할 일이 있어서요. 잠깐이면 됩니다!"

비마드가 건의 몸을 완전히 가리고 뒤로 돌아 눈을 크게 뜨고 말했다.

"세상에! 내가 케이와 버스킹을 하는 날이 오다니, 이런 일도 있네요."

건이 빙그레 웃으며 고개를 살짝 숙였다.

"미안해요, 속이려고 한 건 아닌데."

비마드가 손사래를 치며 웃음을 지었다.

"아닙니다, 아닙니다. 그저 영광이죠."

"하하, 그렇게 생각해 주신다면 감사해요. 그런데 무슨 이야기를 하시려고요?"

비마드가 힐끔 뒤를 돌아보자 건물 사이에 있는 건을 보기 위해 점점 다가오는 사람들이 보였다.

다시 고개를 돌린 비마드가 황급히 말했다.

"잘 들어요. 위험한 상황일 수도 있습니다. 제가 신호하면 즉시 뒤로 돌아 뛰세요. 지금은 호의가 담긴 시선으로 보고 있지만, 대중은 언제 어떻게 변할지 몰라요. 골목길을 따라 다음 건물까지 뛰신 후에 오른쪽으로 돌면 2층에 'John Fallons'라는 조그만 펍이 있을 거예요. 1600년대부터 있던 오래된 바인데 거기 가서 숨어요. 이 시간에 사람이 좀 있긴 하겠지만, 워낙 조그만 바라 잠시 숨 돌리기에는 괜찮을 거예요. 2층 창문으로 상황을 보시다가 정리가 되면 그때 떠나세요. 알겠죠?"

건이 고개를 내밀어 비마드의 뒤를 보았다. 골목길 사이를 보고 있던 사람들이 비마드의 등 뒤로 건의 얼굴이 보이자 다시 소리를 질렀다.

"꺄악! 케이! 사진 찍어주세요!"

"그래요! 나와서 노래 한 곡 더 해줘요!"

건이 다시 비마드의 뒤로 몸을 숨긴 후 살짝 웃으며 고개를 끄덕였다.

"생각해 줘서 고마워요, 비마드. 그럼 거기에 가 있을 테니 오실래요? 제가 맥주 한잔 살게요. 아일랜드에 와서 흑맥주 한 잔은 해보고 가야죠, 하하."

비마드가 손가락으로 자기 얼굴을 가리킨 채 얼빠진 얼굴로 말했다.

"예? 저랑 술을 마시겠다고요? 진심이세요?"

건이 미소를 지으며 고개를 끄덕인 후 몸을 돌렸다.

"그럼 이따 봐요!"

건이 뛰기 시작하자 뒤에서 골목길을 보고 있던 사람들이 비마드의 몸 사이로 언뜻 비친 건의 뒷모습을 보고 소리를 지르기 시작했다.

"아악! 케이가 뛰어간다!"

"어디야! 어디로 갔어? 아, 아저씨! 좀 비켜봐요!"

"빨리 찾아! 뛰어!"

어떤 사람들은 재빨리 건물 옆을 돌아 뛰어갔고, 어떤 사람은 골목길을 막고 선 비마드를 밀쳤다.

한 명이 겨우 지나갈 만한 골목길을 몸으로 버티며 막고 있던 비마드에게 사람들이 화를 냈다.

"아! 뭔데? 비켜봐요, 좀! 케이 도망가잖아!"

"아, 이 아저씨 힘 더럽게 세네! 비켜요, 좀!"

비마드는 잠시 더 몸에 힘을 주고 버티다가 건이 충분히 펍에 들어갔을 시간이 지난 후에야 어색하게 웃으며 골목길 옆으로 비켜서며 말했다.

"하하, 미, 미안합니다."

"비켜! 아, 씨!"

좁은 길을 비집고 들어간 사람들이 골목길을 뛰어다니며 소리를 질러댔다.

몇백 명의 사람들이 뛰어다니며 케이를 찾기 위해 난리를 쳤고, 사람들의 관심 밖이 된 비마드가 그들의 눈치를 보며 조용히 기타와 앰프를 주섬주섬 챙겼다.

♩♪♪

한편 비마드와 헤어져 골목길을 따라 뛰던 건은 다음 건물을 지나 오른쪽으로 고개를 돌려 2층에 보이는 몇 개의 간판들을 두리번거렸다.

붉은 벽돌로 지어진 두 개의 건물 중 두 번째 건물의 2층에 낡은 노란색 간판으로 'John Fallons'라고 쓰인 것을 발견한 건이 재빨리 2층으로 향하는 계단으로 올라갔다.

아주 오래된 건물인 듯 후미진 곳에 있는 가게의 2층 입구까지 올라온 건이 계단에 난 창문으로 밖을 보았다. 사람들이 아우성치며 달리는 것이 보이자 창문 안쪽으로 다시 숨은 건이 휘파람을 불었다.

"휴, 살짝 위험할 뻔했네. 하하 그래도 재미있다."

잠시 숨을 고른 건이 아이리쉬 스타일의 오래된 가게 문을 보았다. 아치형의 창문이 있는 노란색 문이 전통 있는 가게임을 알려주는 듯했다.

문에 난 창문으로 안의 분위기를 살짝 살핀 건이 펍 안에 꽤 많은 사람이 있는 것으로 보고 잠시 머뭇거렸지만, 작은 가게라 약 스무 명 정도의 사람이 있는 것만으로 꽉 찬 것 같은 느낌을 받은 것이라는 것을 깨닫고 문을 열었다.

문이 열리며 문에 달린 방울 소리가 나자 바에서 잔을 닦고 있던 백발의 할아버지가 고개를 돌리며 반사적으로 말했다.

"어서 오세요. 그런데 지금 자리가 없는데⋯⋯."

건이 할아버지와 눈을 마주치며 살짝 웃자 할아버지가 건을 위아래로 보며 말했다.

"허허, 엄청나게 잘생긴 친구네. 없는 자리라도 만들어주고 싶을 만큼 말이야. 잠깐만 바 자리에라도 앉아 기다리겠소? 자리가 나면 바꿔주지. 구석 자리뿐이지만 말이오."

자신을 알아보지 못하는 할아버지 바텐더에게 싱긋 웃어주며 고개를 끄덕인 건이 구석 자리로 가다가 앉아 있는 손님들 중 여자 손님 둘과 눈이 마주쳤다.

히스패닉계의 여자들은 멕시코에서 온 여행객인 듯 구릿빛의 건강한 피부를 가졌고, 겨울임에도 코트 안에 속이 훤히 드러나 보이는 얇고 타이트한 민소매 티셔츠를 입고 있었다. 그중 검고 풍성한 생머리가 허리까지 오는 매력적인 여성이 입을 벌리고 건을 손가락질하며 크게 소리쳤다.

"케, 케, 케이다!"

옆자리에 있던 숏 컷의 여성이 그녀의 말에 고개를 돌려 건과 눈을 마주치고는 턱이 빠져라 입을 벌렸다.

"지, 진짜 케이다!"

건이 자기도 모르게 손을 올려 머리를 만졌다. 쓰고 온 보터 모자가 없는 것을 알아차린 건이 어색하게 웃었다.

'아까 모자가 벗겨진 후에 두고 왔구나. 크! 아끼는 모자였는데.'

음악 소리가 꽤 크게 흘러나오고 있었지만 두 여인이 하도 큰 목소리로 소리를 지르는 바람에 펍에 앉아 이야기를 나누고 있던 사람들이 일제히 건을 보고는 눈을 크게 떴다.

말도 나오지 않을 만큼 놀랐는지 시끄럽던 펍에 일순간 사람들의 말소리가 사라지고 흘러나오던 음악 소리만 가득해졌다.

분위기가 이상해진 것을 느낀 할아버지 바텐더가 음악까지 줄이자 펍 안에 고요한 적막이 흘렀다.

건이 곤란한 얼굴로 어색한 웃음을 흘리다 결국 한 손을 들고 말했다.

"아, 안녕하세요. 여러분?"

쨍그랑!

누군가 놓친 맥주잔이 깨어지는 소리가 나자 사람들이 소리가 나는 곳으로 고개를 돌렸다가 황급히 정신을 차리고 떠들어대기 시작했다.

"세상에! 지금 내가 헛것을 보고 있는 건 아니지? 이봐 에반! 자네도 케이 보이나?"

"그, 그래! 며칠 전에 우리 같이 PC로 오페라 공연 봤잖아? 케이 확실하지?"

"꺄악! 케이 사랑해요!"

"이번 여행은 정말 최고야! 케이를 이렇게 가까이서 볼 수 있다니!"

사람들이 웅성거리는 소리가 점점 커지자 다급한 눈으로 창밖을 힐끔 본 건이 다시 손을 들었다.

건이 무언가 할 말이 있다고 생각한 사람들이 자기들끼리 쉬쉬거리며 흥분을 가라앉히자.

건이 싱그럽게 웃으며 말했다.

"제가 사정이 있어서 잠시 여기에 숨어 있어야 해요, 여러분. 조용히 해주신다면 여기 계신 분들께 흑맥주 한 잔씩 살게요, 그리고 사진도 찍어드릴 테니 SNS에는 제가 떠난 후에 올려주시면 좋겠어요. 어때요?"

맥주를 마시고 있던 사람들이 한껏 웃으며 각자 자신의 잔을 들며 외쳤다.

"좋아요!"

"으하하하! 내 평생에 케이가 사는 맥주를 먹어보다니! 고맙습니다!"

"꺄악! 절대, 절대 비밀로 할게요!"

마음 급한 사람들이 벌써 사진을 찍기 위해 카메라를 챙기는 것을 본 건이 웃으며 말했다.

"저 만날 사람이 있어서 느긋하게 있다가 갈 거예요, 천천히 오셔도 되니 너무 몰려오지는 말아주세요!"

사람들이 눈치를 보며 다시 의자에 엉덩이를 붙이자 건이 구석 자리로 가 앉으려 했다. 건이 자신의 뒤로 지나가자 황급히 거리를 벌려 자신들 사이에 자리를 하나 만들어준 멕시코 여성이 의자를 손을 마구 문지르며 말했다.

"케이! 케이! 여기 앉아요, 여기!"

건이 구석에 있던 자기 자리를 잠시 보다가 씩 웃으며 여성들 사이에 앉자 상황을 지켜보던 할아버지 바텐더가 다가오며 휘파람을 불었다.

"휘유~! 엄청 유명한 스타인가 보군! 내 나이쯤 되면 TV 같은 건 안 보고 살아서 말이지. 못 알아봐서 미안하네. 그런데 방금 흑맥주 다 돌린다고 한 거 진짜인가?"

건이 아우터를 벗어 의자에 건 후 씩, 웃었다.

"그럼요, 한 잔씩 돌려주세요, 마스터."

"허허, 좋네!"

할아버지 바텐더가 바에 설치된 벨을 울리며 큰 소리로 말했다.

"자! 여러분! 잘생긴 청년이 사는 흑맥주 나갑니다!"

"으아아아아아!"

"아싸!"

"잘 마실게요! 케이!"

서빙을 하던 젊은 남자 직원이 재빨리 할아버지 바텐더가 전해주는 흑맥주들을 돌리기 시작하자 잔을 받은 사람들이 모두 사진을 찍기 시작했다.

아마도 케이가 산 흑맥주라는 제목으로 SNS에 자랑하기 위함인 것 같았다. 건의 양옆에 앉은 여성 둘이 받은 흑맥주를 들며 조심스럽게 핸드폰을 들고 말했다.

"저…… 케이 맥주 들고 함께 사진 찍어도 될까요?"

"하하, 그럼요."

흔쾌히 허락의 뜻을 보인 건이 다정한 포즈로 양옆의 여성들 사이에서 사진을 찍어주자 빙긋 웃고 있던 할아버지 바텐더가 건에게 손을 내밀었다.

"손님들에게 악수를 청하지는 않지만, 오늘은 좀 청해야겠군. 에런이라고 하네."

"반갑습니다, 에런. 케이입니다."

건이 그의 손을 맞잡은 후 웃어주자 에런이 말했다.

"그래, 케이 반갑구먼. 자네도 흑맥주로 할 텐가?"

"네, 저도 한 잔 주세요, 에런."

"허허, 좋아. 'John Fallons'에 온 것을 환영하네! 나중에 나와도 사진 한 장 찍어주고 가게. 가게에 전시해 둘 테니 말이야."

"네, 꼭 그럴게요."

금방 나온 맥주를 한 모금 맛본 건이 눈을 동그랗게 뜨며 흑맥주 잔을 바라보았다.

"와앗! 진짜 부드럽다!"

잔을 주고 건을 보며 웃고 있던 에런이 수건으로 손을 닦으며 말했다.

"하핫! 우리 가게는 1600년대 초부터 있었던 가게라네. 무려 9대째 이 가게를 하고 있지. 자네가 마신 건 기네스 파인트고, 공장에서 만든 것이 아니라 우리 집에서 직접 만든 거니 어디서도 맛볼 수 없는 것이야."

건이 잔을 들어 보이며 웃었다.

"비마드에게 감사해야겠네요! 하하"

"응 비마드를 알아?"

"하하, 오늘 처음 만났죠. 아! 저기 오네요."

두 여성과 에런이 동시에 고개를 돌려 펍 입구로 들어오는 비마드를 보았다. 짐을 잔뜩 짊어진 비마드가 한 손에 건이 놓고 간 모자를 들고 어색한 표정으로 서 있었다.

비마드를 본 건이 한 손을 들며 웃음을 지었다.

"여기예요, 비마드. 아! 제 모자네요? 고마워요, 아끼는 모자였는데."

건이 모자를 보고 반색하자 자신의 손에 어색하게 쥐고 있었던 보터 모자를 내밀며 다가온 비마드가 얼떨떨한 표정을 지었다.

"지, 진짜 여기 있었네요?"

"하하, 그럼요."

건이 자신의 양옆에 버티고 앉은 여성 둘을 힐끔 본 후 주위를 두리번거리자 비마드와 함께 앉기 위해 자리를 찾는 것이라는 것을 눈치챈 여성들이 재빨리 일어나 구석진 곳에 놓인 의자를 하나 더 가지고 뛰어왔다.

"여기! 여기 앉으세요."

건의 옆에 의자를 갖다 준 여성이 비마드의 옆자리에 앉으며 말하자 어색하게 웃은 비마드가 자리에 앉았다.

"하하, 케이와 함께하니 평생 안 따르던 여자분들이 손수 의자를 가져다주는 영광도 누리네요."

건이 그저 웃음만 짓고 있자 에런이 흑맥주 한 잔을 내주며 말했다.

"네가 우리 가게를 소개해 줬다며? 덕분에 손님들이 모두 케이가 사는 맥주를 맛보고 있다. 네 것은 서비스로 주지."

비마드가 흑맥주를 받아 들고 놀란 눈으로 주위를 둘러보자 펍에 앉은 모든 사람이 흑맥주를 마시고 있는 것이 보였다.

건을 보며 미안한 표정을 지은 비마드가 잔을 내려놓으며 말했다.

"아…… 이러려고 한 것이 아닌데……."

건이 손사래를 친 후 비마드의 어깨를 토닥거리며 말했다.

"아니에요, 비마드. 맥주를 산 건 제 의지였지 비마드 때문이 아니니 미안해하지 마세요. 하하, 모자 주실래요?"

건이 내민 손을 한참 내려다보던 비마드가 화들짝 정신을 차리며 모자를 건넸다.

"아! 죄, 죄송합니다. 제가 오늘 너무 놀라서 그만."

건이 모자를 받아 테이블 위에 올려두고 잔을 내밀었다.

"자, 한잔해요. 당신의 마지막 밤을 위해."

"하하, 고, 고맙습니다. 케이."

건과 잔을 부딪친 비마드가 맥주를 마시면서도 힐끔거리며 건을 보았다. 싱그러운 웃음을 지으며 맥주를 마시는 건의 옆모습은 남자의 눈에도 아름답게 보였다.

눈을 돌려 건의 옆에 앉은 여성을 보니 함께 맥주를 마시려다 건의 옆모습을 보며 잔을 든 채 눈빛이 몽롱하게 변해 버린 것이 보였다.

비마드가 여성을 보고 피식 실소를 짓자 건이 눈썹을 치켜 올리며 물었다.

"음? 왜요? 같이 웃어요."

"아, 하하, 아, 아닙니다."

건이 비마드를 빤히 보고 있을 때 에런이 이쪽으로 다가오며 말했다.

"저, 케이. 미안하네만 손님들이 자네 얼굴만 뚫어지게 보고 있고 자리도 없는데 말이야. 차라리 바 안쪽으로 들어와서 마시는 것이 편하지 않겠나?"

건이 고개를 갸웃하며 에런이 서 있는 바 안쪽 자리를 가리키며 물었다.

"에런이 서 있는 그 자리로 들어오라고요?"

에런이 허리춤에 손을 올리고는 고개를 끄덕이며 손바닥으로 바 안쪽을 가리켰다.

"그래, 여기만큼 자유롭고 편한 자리는 없지. 직원 외에는 못 들어오게 설계해 뒀으니까 말이야. 자네와 비마드는 편히 술을 마시고, 양옆에 여성 분들과 우리 손님들은 자네 얼굴을 원 없이 볼 수 있으니 일거양득 아닌가? 하하."

건이 잠시 고민하다 비마드에게 물었다.

"괜찮아요?"

"아! 그, 그럼요!"

비마드가 먼저 일어나 자신의 의자를 들어 에런에게 넘긴 후 건의 의자도 들려 하자 건이 만류하며 스스로 의자를 들어 에런에게 넘겼다.

바를 돌아 직원 출입구로 들어간 건이 바텐더가 서는 공간에 서자 손님들의 박수가 나왔다.

"오오! 케이 얼굴이 제대로 보인다!"

"완전 명당인데? 마스터 최고예요!"

"꺅! 나 케이 얼굴 나오게 사진 찍어줘!"

건이 사람들의 환호에 한 손을 들어 화답하자 그저 부러운 눈으로 건을 보고 있던 비마드가 의자를 권했다.

"여기 앉으세요, 케이."

"아, 고맙습니다."

건과 비마드가 자리를 잡자 바로 맞은편 자리를 빼앗기지 않기 위해 잽싸게 맞은편 의자를 바싹 붙이고 앉은 여성 중 긴 머리의 여성이 건에게 악수를 청했다.

"리지예요. 만나서 너무 기뻐요, 케이."

건이 리지의 손을 잡아주며 웃음 짓자 숏 컷의 여성도 질세라 손을 내밀었다.

"다니엘라예요, 케이! 진짜 팬이에요!"

"하하, 감사합니다, 리지, 다니엘라."

악수를 마치고 나서야 자리에 앉아 비마드를 본 건이 다시 한번 잔을 내밀며 건배를 청한 후 물었다.

"공부하러 떠나시는 건가요?"

"아, 예. 맞아요."

"무슨 공부예요?"

"아…… 케이 앞에서 부끄럽습니다만, 실용 음악입니다."

건이 반색하며 다시 한번 잔을 들었다.

"오! 그래요? 어디로 가세요?"

"미국으로 갑니다. 버클리죠."

"와아, 그러시구나. 어쩌면 언젠가 다시 마주칠 수도 있겠는 걸요?"

"케, 케이와 마주치기에는 제 실력이 너무 모자라죠."

건이 눈웃음을 지으며 잔을 들고는 장난스럽게 웃으며 잔을 흔들었다.

그 모습을 멍한 표정으로 보던 리지가 황급히 핸드폰을 들어 영상을 찍기 시작했다.

리지가 핸드폰을 들자 브이를 해 보이는 건이 카메라를 향해 장난스러운 표정을 짓자, 펍 내부에 있던 손님들이 일제히 각자의 핸드폰을 들었다.

언론에 잘 나오지 않는 건의 희귀한 영상을 소장하고 싶다는 마음이던 손님들이 건의 얼굴이 조금 더 잘 나오도록 자리에서 일어나거나 의자 위에 올라가 촬영을 하고 있었다.

그런 사람들을 본 건이 고개를 이리저리 돌리며 사람들의 카메라를 하나씩 봐주었다. 사람들과 소통하며 웃고 있는 건을 보고 있던 비마드가 조심스럽게 말했다.

"저 케이. 언론에 모습을 안 비치서서 언론 혐오증이나 대인 기피증이 있는 것이 아니냐는 추측성 기사를 본 적이 있는데 말이죠, 지금 보니 전혀 안 그러시네요. 밝은 분인 것 같아서 조금 놀랐습니다."

건이 의아한 눈으로 물었다.

"제가 대인 기피증이라니요? 그런 것 없는데⋯⋯."

"그러게 말입니다. 하지만 사람들은 언론에 추측으로 올린 기사들을 보고 마치 그것이 정설인 것처럼 생각하는 것이 일반적이니까요. 저도 그중 하나고요."

"호오⋯⋯ 그런 기사가 있었군요. 사실 제 이름을 검색해보는 것은 낯간지러워서, 제 기사는 거의 안 보는 편이거든요, 하하."

"하하, 그럴 수도 있겠네요. 그런데 아일랜드에는 무슨 일로 오신 건가요?"

"아, 여행이에요. 며칠 전에 공연을 마치고 존경하는 교수님의 은퇴 기념 여행에 따라온 거죠."

"헉! 그럼 설마 레온틴 프라이스 교수님도 이곳에 계시다는 건가요?"

"네, 하하. 그뿐만 아니라 샤론 교수님도 와 계시죠."

"허억! 샤론 교수님까지요? 스페니쉬 기타의 여신이라고 불리는 그분까지 오시다니……."

"제 담당 교수님이시니까요. 프라이스 교수님을 존경하고 계시기도 하고요. 두 분이 친하세요."

"그렇군요…… 부럽습니다. 그런 분들과 매일 함께하실 수 있다니."

맞은편에서 가만히 대화를 듣고 있던 다니엘라가 불쑥 끼어들었다.

"키스카 미오치치는요? 그 아이는 안 왔나요?"

건이 갑자기 끼어든 다니엘라를 보며 살짝 미소를 지었다.

"네, 키스카는 아직 어려서 외국 여행은 아빠가 허락해 주지 않아서요."

"아…… 그렇구나. 아쉽네요, 너무 귀여워서 꼭 보고 싶었는데."

이번에는 리지가 건의 눈치를 보며 조심스럽게 이야기를 꺼냈다.

"저기…… 케이. 전부터 궁금한 것이 하나 있는데 질문 좀 드려도 될까요?"

건이 흔쾌히 고개를 끄덕이자 리지가 주위 눈치를 본 후 목소릴 낮춰서 말했다.

"키스카는 아직 어리잖아요? 그런데 케이가 오페라 공연 전에 발표한 곡에서도 작사를 했잖아요. 혹시 키스카에게도 수익 분배를 해주시는 건가요?"

건이 리지의 말을 듣고 갑자기 심각한 표정을 지었다. 건의 표정이 변하자 당황한 리지가 손을 휘저으며 말했다.

"아, 아니에요. 제가 괜한 질문을! 아무리 그래도 케이가 가사를 좀 다듬어주셨겠죠? 아이가 혼자 한 것이 아니니 굳이 수익을 줄 이유는 없을 것 같네요, 하하하."

건이 팔꿈치를 테이블 위에 대고 한참 고민한 후 고개를 저었다.

"아니에요. 그 노래는 온전히 키스카가 작사한 곡이 맞아요. 어련히 회사에서 알아서 하겠지 하고 생각만 했지 그 부분을 신경 쓰지 못했네요. 잠시만요."

건이 전화를 들어 병준에게 전화를 걸었다. 신호가 세 번 울린 후 전화를 받은 병준이 자다 깼는지 목이 잠긴 목소리로 전화를 받았다.

"흠냐, 여보세요?"

"아, 형 주무셨어요? 미안해요."

"건이냐? 그래 여행 잘하고 있냐?"

"네, 형. 키스카는요?"

"뭘 물어 인마. 하루 종일 울다가 지쳐서 잔다. 너 없으니까 별채에도 안 와. 제 방 가서 잔다."

"아……그렇구나."

"근데 왜 전화했어?"

"아, 형 갑자기 생각난 건데 제 노래에 키스카가 작사한 것 있잖아요. 그거 키스카 수익 분배 어떻게 됐어요?"

"에혀, 빨리도 물어본다. 손린 이사님이 그걸 그냥 넘어가실 분이냐? 다 쌓아두고 있는데 키스카는 계좌가 없으니 그리고 리한테 보내야 하는 건지 고민하고 계셔. 아무래도 법인 계좌가 마피아 보스의 계좌로 이어지는 건 회사 입장에서 껄끄러운 일이니까."

"아, 다행이다. 휴 고마워요, 형. 제가 못 챙긴 부분까지 챙겨주고 계셨네요."

"나 네 매니저다 인마. 그리고 내가 챙기기 전에 이사님이 알아서 챙기고 계셨어. 그래서 어떻게 해줄까?"

"키스카에게 줘야죠."

"그건 당연한 거고. 계좌 말이야. 현금으로 줘도 돼?"

"아, 그럼요. 이번에 돌아가서 제가 그레고리에게 직접 전해 줄게요."

"알았다, 준비해 둘게. 아참, 린 이사님이 이번 오페라 공연 보고 키스카가 앞으로도 네 곡을 작사해 줄 거면 그레고리를 통해서 정식 계약을 하자고 하셨어. 돌아와서 그 이야기도 하자고."

"네 형. 감사해요."

"그래, 여행 잘 다녀와라. 사고 치지 말고 좀!"

건이 펍 내의 손님들을 살짝 돌아보며 어색하게 웃었다.

"아…… 노력은 해볼게요."

"그래…… 뭐? 뭐야, 너 이미 사고 쳤지!"

"아…… 하하하."

"무슨 사고야? 빨리 불어, 이 자식아!"

"하하, 별거 아니에요, 형. 다, 다시 전화할게요!"

"얌마!"

뚝.

전화를 끊은 건이 식은땀을 흘리며 꺼진 액정을 보다가 자신을 보고 있던 리지에게 살짝 웃으며 말했다.

"고마워요. 리지가 아니었으면 중요한 걸 그냥 넘어갈 뻔했네요. 제가 이쪽으로는 좀 관심이 없어서, 하하."

이미 통화 내용을 들은 리지가 손사래를 치며 말했다.

"아니에요, 헤헤. 그쪽이 케이다워서 훨씬 더 좋아요! 자, 치어스!"

리지가 잔을 내밀자 나머지 두 사람도 잔을 들었다.

소리가 날 정도로 세게 잔을 부딪친 네 사람이 즐거운 대화를 나누었고, 건의 눈치를 보며 한참을 기다리다 집에 갈 시간이 된 손님들이 계산을 하고 나가기 전에 다가와서 부탁하는 사진 촬영도 즐거운 마음으로 해주었다.

　한참 대화하며 서로 친근해진 비마드가 조금 편한 표정으로 물었다.

　"아일랜드에는 언제까지 있어요?"

　"한 삼 일정도 있을 것 같아요. 오늘 포함해서."

　"그렇군요. 그럼 슬래인 캐슬도 갈 예정이에요?"

　"물론이죠! 꼭 가야 할 록의 성지인데!"

　"하하, 그렇죠. 마침 잘 되었네요. 우리 고모가 거기 관리자신데 미리 부탁하면 안내를 도와주실 수 있을 거예요."

　"오! 그래 주실래요?"

　"물론이죠! 하하, 우리 고모 이름은 시아라예요. 캐슬 매표소에서 이름을 말해주시면 고모가 나와주실 거예요."

　"와, 좋네요! 그럼 부탁드릴게요, 비마드!"

　다시 한번 잔을 들어 부딪친 네 사람의 밤이 뜨겁게 깊어갔다.

♪♫

　건이 호텔로 돌아온 시간은 새벽 두 시가 넘은 후였다. 맥주 네 잔을 마시고 딱 잠을 자기 좋은 수준으로 취기가 오른 건이 호텔 방에 들어와 샤워를 하고 잠이 들었다.

약 여섯 시간가량을 꿈나라에서 보낸 건이 오전부터 시끄럽게 울리는 방의 벨 소리에 인상을 찌푸리며 눈을 비볐다.

몸을 일으켜 머리를 몇 번 흔든 건이 계속 울리는 벨 소리에 고개를 절레절레 저으며 방문으로 갔다.

"누구세요?"

"나예요, 샤론!"

건이 샤론의 목소리를 듣고 문을 열자 경악한 표정으로 신문지를 구겨 들고 있는 샤론이 보였다.

"어? 교수님. 무슨 일 있어요?"

샤론이 황급히 호텔 복도를 두리번거린 후 건을 밀며 방 안으로 들어와 문을 닫았다. 그녀가 손에 구겨 들고 있던 신문을 펴 보이며 물었다.

"어젯밤에 밖에 나갔었어요? 이거 봐요."

건이 아직 잠이 덜 깬 눈으로 샤론이 펴 보인 신문을 보자 사람들과 즐겁게 웃으며 맥주잔을 들고 있는 자신의 모습이 흑백 사진으로 일면에 대문짝만하게 실린 사진이 보였다.

[케이! 비밀리에 아일랜드 입국!]

메인 기사 제목을 본 건의 눈이 커졌다.

신문을 부여잡은 건이 기사를 읽어보며 뒤통수를 긁고 있자 한숨을 쉰 샤론이 팔짱을 끼고 소파에 앉았다.

"휴, 거기 있던 사람들이 SNS에 사진을 올리면서 다 들통났어요. 지금 더블린 시내는 난리가 났다고요. 다들 신문을 보자마자 케이를 만날지도 모른다는 기대로 그래프턴 스트리트로 뛰어나오고 있대요. 덕분에 우린 거기 관광은 완전히 틀렸네요."

건이 신문을 내리며 미안한 표정을 지었다.

"아하하…… 죄송해요, 교수님."

샤론이 다시 한번 한숨을 쉬며 고개를 절레절레 저었다.

"휴, 나야 아일랜드가 세 번째라 괜찮은데 프라이스 교수님이 아쉬워하시겠네요."

할 말이 없어진 건이 어색한 표정으로 서 있다가 문득 생각났다는 듯 말했다.

"아참! 교수님. 슬래인 캐슬 아시죠?"

"네, 알죠."

"어제 만난 친구의 고모님이 거기 관리자래요. 가서 이름을 말하면 직접 안내도 해준다는데 거기 안 가보실래요?"

"그래요? 잘됐네요. 그럼 프라이스 교수님께 이 사건은 말하지 말고 조용히 가도록 해요."

"아하하…… 예, 죄송합니다, 교수님, 저 때문에."

"아니에요, 제자가 이런 어마무시한 인기를 가지니 뿌듯하기도 하니까요. 아침은 프라이스 교수님 방에서 같이 룸서비스로 먹도록 하죠. 씻고 건너와요."

"네, 교수님."

샤론이 방을 나가자 우두커니 서서 신문을 마저 읽어본 건이 까치집이 된 머리를 긁으며 샤워실로 향했다.

샤워를 한 후 레온틴 프라이스의 방에서 아침을 먹으며 슬래인 캐슬에 대해 이야기하자 다행히 평소에 보고 싶었던 곳인 듯 흔쾌히 허락하는 레온틴 프라이스 덕에 안도의 한숨을 쉰 건이 샤론의 눈치를 보자 그녀가 재미있다는 듯 짓궂은 눈웃음을 지었다.

방으로 돌아와 간단히 기타만 챙긴 건이 모자와 선글라스, 목도리로 얼굴을 숨기고 로비로 내려오자 먼저 기다리고 있던 샤론이 소파에 앉아 있었다. 건이 그녀의 옆에 앉으려다 그녀 옆에 세워진 기타 케이스를 보며 물었다.

"어, 교수님도 기타 가져오셨네요?"

"네, 거기는 한적한 곳이기도 하고, 성 앞에 잔디밭이 좋다고 해서요. 혹시 연주의 영감이 떠오를까 싶어서 가져가요. 케이도 그런 이유겠죠?"

"하하, 네 그렇죠, 뭐."

두 사람이 이야기를 나누며 약 오 분 정도를 기다리자 레온틴 프라이스가 내려왔다. 콜택시를 타고 더블린 시내에서 북

쪽으로 약 50㎞를 올라간 세 사람이 아담하고 예쁜 작은 마을을 보며 미소 지었다.

일부러 캐슬 앞이 아닌 슬래인 마을의 입구에서 내린 세 사람이 마을을 구경하며 천천히 슬래인 캐슬로 향했다. 성의 입구에서 입장료를 확인한 건이 성인 세 명분 입장료인 36유로를 계산하며 직원에게 말했다.

"저기 혹시 '시아라'라는 분이 계신가요? 미리 약속해 뒀는데요."

직원이 크게 고개를 끄덕이며 말했다.

"아, 원장님을 찾아오셨군요? 기다리고 계십니다. 인터폰으로 연락해 둘 테니 입구로 올라가세요."

"네, 감사합니다, 수고하세요!"

미리 이야기가 되어 있다는 말에 약속을 지킨 비마드에게 속으로 감사 인사를 한 건이 두 사람과 함께 캐슬 입구로 올라갔다.

입구에 가까이 가자 회색 정장을 깔끔하게 입은 60대 후반의 붉은 머리 여성이 급히 다가오며 말했다.

"이런! 정말 오셨군요, 비마드가 농담하는 줄 알고 반신반의했는데 말이에요. 반갑습니다! 슬래인 캐슬의 관리를 맡고 있는 시아라라고 해요. 레온틴 프라이스 교수님, 샤론 교수님, 그리고 케이."

레온틴 프라이스가 화사하게 웃으며 손을 내밀었다.

"이렇게 환영해 주셔서 감사합니다, 시아라."

그녀의 손을 맞잡은 시아라가 샤론과도 인사를 나눈 후 얼굴을 가린 건의 앞에 섰다.

"세상에, 정말 케이가 맞나요?"

건이 주위를 살짝 둘러본 후 선글라스를 벗고 웃자 입을 손으로 가린 시아라가 목소리를 낮추면서도 놀란 목소리로 말했다.

"저, 정말이군요! 정말 팬이에요!"

"하하, 감사합니다. 시아라."

"매번 사고만 치고 다니던 비마드가 이번에는 제대로 한 건했군요, 호호. 아! 내 정신 좀 봐. 들어가시죠. 막 개장한 시간이라 아직 손님이 없으니 지금이 한가롭게 보시기 좋은 시간이에요."

시아라가 문을 열고 세 사람을 안내하며 말했다.

"슬래인 캐슬은 그 역사가 조금 짧아요. 그래서 현대와 중세를 잇는 성이기도 하죠. 오시면서 보신 슬래인 마을은 18세기에 생긴 마을이고, 이 성 역시 그때 생긴 성입니다. 커닝햄(Conyngham)이라는 귀족이 살던 집이기도 하고, 영국의 왕인 조지 4세가 머물던 곳이기도 하지요. 현재는 사유지이고 이곳 보인 밸리(Boyne Valley)에서 약 2백만 평가량 규모의 성과 정원을 가지고 있습니다."

샤론이 성 내부의 아름다운 모습을 보며 감탄하다가 고개를 들어 높은 천장에 양각되어 있는 조각들을 가리키며 물었다.

"저 조각들은 뭔가요?"

"아, 나무로 조각한 것입니다. 성 전체는 아니고, 일부에만 저렇게 조각을 해 두었죠."

"붉은 벽에 하얀 창틀, 하얀 나무로 조각한 천장 장식이라니, 예술적 감각이 뛰어나신 분이 주인이신가 보군요."

"호호, 그렇다기보다는 아름다운 성이라 유명한 건축가들이 서로 복원이나 리모델링을 하겠다고 나서주서서, 여러 번의 공사를 거쳐 재탄생한 곳이라 그렇답니다."

자랑스러운 표정을 짓던 시아라가 거대한 하얀 문 앞에 섰다.

"자, 이곳은 일반인들에게는 문밖에서만 관람하게 하는 곳이지만, 비마드의 부탁도 있고 하니 특별히 안에 들어가 보실 수 있도록 해드릴게요. 우리 슬래인 캐슬의 자랑인 음악의 방 볼룸(Ballroom)입니다."

시아라가 문을 열자 방의 전경을 본 건이 탄성을 질렀다.

"와아! 여기가 바로 U2가 앨범 전체를 녹음했다는 그곳이군요?"

시아라가 여기저기를 기웃거리고 있는 건을 보며 흐뭇한 표정으로 말했다.

"U2뿐 아니에요. 1986년 퀸(Queen)도 왔었고, 데이비드 보위 (David Bowie), 롤링 스톤즈(Rolling Stones), 오아시스(Oasis)도 왔었죠. 록의 성지라고 불리는 곳이기도 합니다."

건이 그녀의 설명을 들으며 붉은색 원형의 방을 둘러보았다. 사각형의 구조를 가진 일반적인 방이 아닌 동그란 형태를 가진 방은 붉은색 벽지에 하얀색 창틀로 햇살이 들어왔고, 높은 천장 위에는 밖에서 본 하얀 나무 조각이 장식되어 있었다.

방 한가운데 걸린 화려한 샹들리에가 방의 분위기를 더욱 멋들어지게 만들었다.

시아라가 정신없이 구경을 하고 있는 세 사람을 보며 다시 설명했다.

"방의 구조가 원형이고 천장이 높아 소리의 파장이 좋습니다. 그래서 이 방은 스튜디오보다 훨씬 좋은 소리의 녹음이 가능한 방이라고 하죠. 원래는 조지 4세의 식당으로 쓰던 방이었답니다."

샤론이 크게 고개를 끄덕이며 레온틴 프라이스의 곁에 섰다.

"정말 그렇겠네요, 멋져요. 그렇죠, 교수님?"

레온틴 프라이스가 고고한 웃음을 지으며 말했다.

"정말 그러네요. 이런 곳에서 노래해 볼 수 있으면 좋겠어요."

시아라가 손목시계를 보더니 미소를 지으며 말했다.

"잠깐이라면 노래해 보셔도 됩니다. 앰프도 준비되어 있어요."

샤론이 놀란 표정을 지으며 물었다.

"정말이요?"

"네, 아직 손님들이 올 시간은 멀었으니 괜찮아요. 제 권한으로 그 정도는 가능합니다. 준비해 드릴까요?"

샤론이 레온틴 프라이스를 보자 그녀가 기뻐하는 표정으로 손을 모았다.

"정말 감사합니다, 시아라. 그럼 부탁드릴게요."

건 역시 신이 나는 표정으로 황급히 기타 가방을 열고 잭을 꺼내 들었다.

시아라가 건이 꺼낸 기타를 보며 휘파람을 불었다.

"휘유! 그게 영상으로만 봤던 화이트 팔콘이군요, 케이에게 정말 잘 어울려요."

앰프에 잭을 연결하던 건이 씩 웃으며 의자에 앉았다.

"하하, 감사해요, 시아라. 와, 제가 여기서 연주를 해볼 수 있다니, 꿈만 같네요. 그렇죠, 샤론 교수님?"

건과 마찬가지로 클래식 기타의 잭을 연결하던 샤론이 마주 웃으며 의자에 앉았다.

"네, 정말 꿈 같네요, 호호. 프라이스 교수님, 여기 앉으세요."

샤론이 밀어준 의자에 앉아 무릎 위에 손을 모은 레온틴 프라이스가 물었다.

"그런데, 무슨 연주를 할 건가요?"

샤론이 잠시 고민해 본 후 건을 보며 상큼한 미소를 지었다.

"오랜만에 케이와 함께 아스투리아스를 연주해 볼까요?"

레온틴 프라이스가 박수를 치며 웃었다.

"아! 케이가 재해석했었다는 그 곡 말이죠?"

"네, 교수님. 케이와 꼭 한 번 연주해 보고 싶었거든요."

"그래요, 그럼 난 오랜만에 감상을 하는 입장이 되어볼게요. 행복하네요, 호호."

건과 샤론이 눈을 맞추고 웃은 후 연주를 시작했다.

너무 아름다운 자연의 모습을 표현한 아스투리아스는 샤론의 완벽한 클래식 기타를 시작으로 건의 일렉 기타 연주까지 합쳐져 슬래인 캐슬의 아름다운 모습과 잘 어우러졌다.

최고의 기타리스트라 평해지는 두 사람의 연주를 들으며 눈을 감고 있던 시아라가 행복한 미소를 지었다.

샤론의 소리에 맞춰 연주하던 건이 귓가로 들려오는 아름다운 미성의 목소리에 놀라 눈을 뜨자 맞은편의 샤론도 눈을 동그랗게 뜨고 옆을 보고 있는 것이 보였다.

두 사람의 눈에 조용히 눈을 감고 아스투리아스의 연주에 맞춰 노래하고 있는 레온틴 프라이스가 들어왔다.

설령 그것이 더 이상 피할 수 없는 외나무다리라고 해도 선

택해야만 해요.

더 나아갈 것인지.

혹은 돌아설 것인지.

아니면 그대로 멈춰 버릴 것인지.

과거의 무수한 선택들의 결과는.

내가 밟고 선 이 땅.

내가 걷는 이 시간.

그 어떤 길을 택하더라도.

가지 않은 길에 대한 미련은 남게 되겠지.

어느새 기억은 아득해지고.

세월만 화살처럼 흘렀네요.

추억은 아련해지고.

미련만 남은 지나간 세월은.

애처로운 그리움만 남겼네요.

할 수 있었는데.

해야 했는데.

해야만 했는데 라는 말은 나와.

어울리지 않는 말이라고 생각했는데.

현재의 나는 그저 땅을 바라보며.

애꿎게 갈라지고 메마른 땅에.

발만 구르고 있네요.

그녀의 마음을 표현한 듯한 가사를 듣던 건의 눈이 파르르 떨렸다. 노쇠하여 은퇴한 그녀는 죽기 직전까지 결코 음악을 놓을 수 없는 것 같았다.

긴 연주가 끝나고, 기타의 마지막 음이 울리는 것을 음미하던 건이 크게 한숨을 짓고는 기타를 든 채 레온틴 프라이스의 앞으로 다가갔다.

갑자기 다가오는 건을 의아한 눈으로 보던 레온틴 프라이스의 귓가로 진지한 음색의 목소리가 들려왔다.

"다시 시작해 보시는 것이 어떨까요? 레온틴 프라이스 인생의 제2막을."

건을 올려다보는 그녀의 눈가에 경련이 일어났다.

작게 눈을 떨며 건을 올려다보던 레온틴 프라이스가 고개를 돌려 기타 연주를 멈추고 맞은편에 앉아 있던 샤론과 눈을 맞추었다.

샤론이 진중한 표정으로 고개를 깊이 끄덕이는 것을 본 그녀가 이번에는 창밖을 향해 시선을 던졌다.

기억을 흐리는 축축한 냄새에 창밖을 자세히 보던 그녀의 눈에 아일랜드 하늘에서 내리는 소나기가 보였다.

쏴아.

하늘에 구멍이라도 뚫린 듯 내려오는 빗줄기는 미국에서의 시원한 빗줄기보다 축축하고 습한 느낌을 들게 하였다.

슬래인 캐슬의 볼륨 안에서 공명하는 빗소리가 그녀의 마음에 파고들었고, 그녀를 내려다보고 있던 건도, 의자에 앉아 설득의 눈빛을 담아 쏘아 보내던 샤론도 모두 창밖으로 쏟아지는 빗줄기를 보고 있었다.

한참 창밖을 보던 레온틴 프라이스가 건을 올려다보았다. 여전히 굳건히 서서 신뢰가 가득 담긴 눈빛을 보내고 있던 건이 다시 한번 고개를 끄덕이자 그녀가 조금 갈라진 목소리로 말했다.

"나는 이미 은퇴를 선언했습니다, 케이."

건이 진중한 눈으로 그녀를 내려다보며 입을 움찔거렸다. 한참을 그리 할 말을 씹어 삼키던 건이 신중한 어조로 참았던 입을 열었다.

"은퇴를 하신 이유가 뭐였지요, 프라이스 교수님?"

레온틴 프라이스가 앉은 채 두 손을 가지런히 모으고 자신의 쪼글쪼글해진 한 손을 들어 올렸다.

"나는 늙었기 때문이지요. 오페라는 출연하는 배우와 스탭들 간의 호흡이 무척이나 중요합니다. 그들이 나의 체력에 맞추어 연습하게 하는 것은 폐를 끼치는 것이지요. 또 교수로서의 삶도 마찬가지입니다. 이제는 하루 두 시간을 서서 강의하는 것이 힘에 부치네요."

그녀는 말을 마치고 회한에 찬 눈으로 창밖을 응시했다. 한참의 침묵이 볼룸을 스쳐 지나가고, 갑자기 들려오는 샤론의 기타 소리가 방을 메웠다.

샤론이 연주하고 있는 기타 소리를 가만히 듣고 있던 건이 동그란 볼룸의 공명을 느끼며 입을 열었다.

부족한 점에 대해 젊음을 핑계 대지 말아요.
또한, 나태함에 대해 나이와 명예를 핑계 대지 말아요.
꿈의 가장 큰 적은 두려움이랍니다.
당신이 인생에서 범하는 가장 큰 실수는.
실수할지도 모른다는 두려움에 사로잡혀.
도전하지 못하는 것입니다.

분위기가 이상해짐을 느끼고 침묵에 동참하고 있던 시아라가 건의 아름다운 목소리에 놀라 뒷걸음질을 쳤다. 레온틴 프라이스는 건의 노래를 듣고 잘게 손을 떨었다.

노래를 마친 건이 나직하게 말했다.

"이 노래 기억하시죠? 마지막 공연에 교수님이 직접 세계인의 앞에서 말씀하신 마지막 메시지입니다."

레온틴 프라이스가 자조적인 웃음을 지으며 살짝 고개를 끄덕였다.

"그래요, 기억합니다. 내가 불렀죠."

샤론은 더 이상 연주를 하지 않았지만, 그녀를 내려다보고 있는 건은 다시 노래를 시작했다.

당신에게 전하고 싶은 내 마지막 노래는.
오직 당신이 꿈을 꾸길 바라는 것.
어린 학생들도, 나이 많은 중년도.
아직 못 이룬 꿈이 있다면 부딪히세요.
그것이 내가 당신께 전하고 싶은.
마지막의 말입니다.

건이 레온틴 프라이스의 공연에서 한 마지막 노래를 읊조리자 잘게 떨리던 그녀의 손이 조금 더 그 떨림을 선명하게 하였다. 그녀의 변화를 보던 건이 굵고 명료한 목소리로 말했다.

"늙은이는 평생 음악을 했다. 평생 음악에서 한 발자국도 떠나지 않았지만, 음악에 얽매인 적은 한 번도 없었다."

레온틴 프라이스가 건의 공명 가득한 목소리에 그를 올려다보았다. 그를 보고 있던 샤론이 다시 기타의 현 위에 손을 올리고 조용한 음악을 연주하며 낮은 목소리로 말했다.

나이란 비열한 소통은.

어느새 은밀하게 그 가시를 드러낸다.

삶이란 얼마나 장렬한 소통인가.

네가 너를 지키기 위해.

너의 가시들에 드리워진 힘줄에.

피를 내려보내도.

오로지 너에게 아프게 찔리기 위해.

나는 너에게 다시 손을 내민다.

건반 위가 흑백으로 나뉜 것처럼.

운명은 반음이 엇갈린다.

자본의 공명을 위해 매이지 말고.

살아남은 너의 피가 흐를 때까지.

깊은 숨소리를 내어라.

노래인 듯 독백인 듯한 말을 내뱉은 샤론이 기타를 내리며 레온틴 프라이스를 직시하였다.

"기억하시나요, 교수님? 코릴리아노 교수의 스승이셨던 리처드 교수님이 돌아가셨을 때 교수님께서 그의 관 앞에서 우리에게 들려주신 말씀입니다. 저는 이 말을 결코 잊지 못하고 있어요."

당황한 눈으로 두 사람을 번갈아 보던 레온틴 프라이스가 한숨을 쉰 후 다시 창밖으로 시선을 던졌다.

빗줄기가 하늘에서 땅으로 이어진 기타의 현과 같아 보이고, 비와 바람에 날리는 나뭇잎이 피아노의 건반과 같이 보였다.

그 현과 건반을 연주하는 바람이 좌에서 우로, 위에서 아래로 연주를 계속하고 있었다.

잠시 밖을 보던 그녀가 다시 크게 한숨을 쉬었다.

"이미 은퇴를 해버린 것을요. 호호……."

자조적인 웃음을 길게 늘어뜨리는 그녀를 보던 건이 샤론에게로 고개를 돌렸다.

"샤론 교수님. 필 콜린스(Philip David Charles Collins)를 아시나요?"

샤론이 건이 말하고자 하는 바를 눈치채고 빙긋 웃음을 지었다.

"그럼요, 드러머였고, 싱어송라이터였기도 했던 영국의 팝 가수였죠."

건이 고개를 끄덕이며 레온틴 프라이스를 내려다보았다.

"필 콜린스 역시 교수님과 마찬가지로 세계적인 음악가였습니다. 그는 2010년 커버앨범 'Going Back'을 끝으로 척추 수술의 후유증 때문에 연주가 불가능하다는 이유로 은퇴를 선언했었죠. 하지만 5년 후 그는 돌아왔습니다. 자기 아이들에게 무대에 서는 모습을 보여주고 싶다는 핑계였지만, 그는 동아시아를 비롯해 호주에서까지 투어 콘서트를 했죠. 투어에는 아이들이 함께하지 않았다고 합니다. 그렇다면 그는 무엇을 위해 은퇴를 번복했을까요?"

레온틴 프라이스가 손으로 얼굴을 매만지며 고개를 숙였다. 답을 하지 않는 그녀를 내려다보고 있던 건이 그녀의 어깨에 손을 올리고 한쪽 무릎을 굽혔다.

"알고 계시잖아요, 교수님. 그가 왜 돌아왔는지."

한참 고개를 숙이고 있던 그녀가 고개를 들었을 때 그녀의 볼에는 두 줄기의 눈물이 흘러내리고 있었다.

손을 움직여 눈물을 닦아낸 그녀가 숨을 크게 몰아쉬었다.

"숨 쉴 수 있을 때까지 음악을 하고 싶었겠죠."

건이 손을 들어 그녀의 볼에 남은 눈물을 닦아주었다.

"그래요, 교수님. 누구보다 잘 아실 거예요. 단지 머리로만 알고 있는 저와 다르게 교수님은 현재 진행형으로 겪고 계실 테니까요. 교수님, 은퇴를 번복하는 것은 창피한 것이 아닙니다."

레온틴 프라이스가 자신과 얼굴을 마주하고 있던 건을 보며 실소를 지었다.

"하지만 아까도 말했다시피 제가 해왔던 것들은 다른 이들과 호흡을 맞추어야 하는 일들이에요. 나만 생각하고 다른 이들에게 피해를 줄 수는 없답니다, 케이."

건이 고개를 세차게 흔들었다.

"교수님은 평생 오페라를 하셨습니까? 아니면 음악을 하셨습니까?"

건의 말에 그녀의 눈이 커졌다. 잠시 눈을 깜빡이며 초점을 잃었던 그녀의 눈동자에 생기가 돌아온 것은 그로부터 한참 뒤였다.

그녀의 눈빛이 달라진 것을 눈치챈 건이 생각에 빠진 그녀의 곁을 조용히 떠나 샤론의 옆자리에 앉았다.

샤론은 자신의 옆에 앉는 건을 보며 잘했다는 듯 엄지를 추켜세웠다.

그녀의 추켜세운 엄지를 웃는 낯으로 감싸 쥔 건이 옆자리에 앉아 쏟아지는 빗소리를 들으며 레온틴 프라이스를 보았다.

'존경하는 교수님. 당신은 이미 알고 있습니다. 어떤 답을 내리는 것이 옳은지.'

한참 샤론과 함께 앉아 비가 들려주는 자연의 음악에 취해 있던 건의 눈에 움직이지 않고 생각에 빠졌던 레온틴 프라이스의 작은 움직임이 들어왔다.

깊은 생각에서 빠져나온 그녀의 표정은 이전과 달리 생기가 가득했다.

샤론과 건을 번갈아 보며 환하게 웃은 그녀가 말했다.

"교수는 나인데, 제자인 케이에게 배우게 되었네요. 그래요, 난 오페라가 아닌 음악을 했습니다. 음악은 꼭 오페라만 있는 것이 아니지요."

건이 크게 고개를 끄덕이며 자리에서 벌떡 일어나 달려왔다.

"맞아요, 교수님!"

샤론 역시 일어나 레온틴 프라이스 곁으로 다가와 그녀의 뒤를 안아주었다.

"여건이 안 되면 여건이 되는 음악을 하면 되잖아요, 교수님."

레온틴 프라이스가 고운 웃음을 지으며 두 사람을 보았다.

"그런 것이 있을까요? 내 목소리로 팝 음악을 부르면 어울릴까요?"

건이 검지를 까딱이며 웃었다.

"팝페라라는 장르도 있잖아요, 모르긴 해도 교수님이 그 장르에 도전하시면 기존 팝페라 가수들은 아마 교수님 앞에서 명함도 못 내밀 걸요? 하핫"

밝아진 레온틴 프라이스가 손으로 입을 가리며 한 손으로 건의 등을 살짝 때렸다.

"호호, 비행기 태우기는. 그래도 고마워요, 기분이 좋네요."

레온틴 프라이스를 뒤에서 껴안고 있던 샤론이 그녀의 볼에 자신의 볼을 대며 말했다.

"도와 드릴게요, 교수님."

자신의 목을 감은 샤론의 팔을 잡은 레온틴 프라이스가 곱게 웃으며 고개를 저었다.

"아니요, 나 혼자 해볼게요."

샤론이 반박하려 입을 비쭉 내밀었지만, 결국 그녀의 생각을 존중하기로 했는지 엷은 웃음만 지었다.

다시 분위기가 좋아진 세 사람의 눈치를 보던 시아라가 당황한 표정으로 다가와 자신에게 귓속말을 건넨 직원을 보며 눈을 크게 떴다.

"네? 그게 사실이에요?"

귓속말을 한 여직원이 여러 번 고개를 끄덕이며 말했다.

"네, 원장님. 어떻게 할까요?"

당황한 표정을 짓던 시아라가 황급히 세 사람에게 다가와 건을 보며 말했다.

"저, 케이! 오늘 여기 온다는 것을 비마드 말고 또 아는 사람이 있나요?"

건이 당황하는 그녀를 보고 고개를 갸웃했다.

"네? 왜요?"

재빨리 창문 쪽으로 다가가 밖을 본 시아라가 고개를 돌리고 소리쳤다.

"밖에! 수천 명의 사람이 몰려들고 있어요!"

"에?"

시아라의 말에 창문으로 달려간 건의 눈에 창문을 통해 나타난 건의 모습을 보고 환호하는 수천 명의 사람들이 비를 맞으며 서 있는 것이 보였다.

"꺄아아악! 진짜야! 진짜 케이가 있어!"

"으아아아~! 믿어보길 잘했어!"

"휘이이이이익!"

어이없는 눈으로 창밖을 보고 있던 건이 한 손으로 눈을 가리며 나직하게 중얼거렸다.

"맙소사…… 어제 그 자리에 리지, 다니엘라가 있었지 참……."

옆에서 함께 창밖을 바라보던 시아라가 물었다.

"어떡할까요? 직원 말로는 사람들이 캐슬 전체를 포위하고 서 있는 것 같답니다. 빠져나갈 수 있는 곳이 없어요."

복잡한 표정을 짓던 건이 한숨을 쉰 후 레온틴 프라이스와 샤론의 앞에 서서 미안한 표정을 지었다.

"실은…… 어제 이곳을 소개받던 때 함께 있던 분들이 소문을 낸 것 같네요, 오늘 제가 여기 온다고요. 너무 많은 사람이 몰려 있는데 어떻게 할까요? 먼저 나가시겠어요? 저는 따로 나갈 방법을 찾아볼게요."

샤론이 창틀 옆에 붙어 고개만 살짝 내밀어 밖을 본 후 피식 실소를 지으며 고개를 절레절레 저었다.

"인기 많은 제자 덕에 별 경험을 다 해보네요. 흠…… 어떻게 할까나……."

시종일관 온화한 미소를 짓고 있던 레온틴 프라이스가 두 사람을 보며 말했다.

"사람들이 원하는 것이 무엇일까요? 단지 케이의 얼굴을 보려고 이 빗속을 뚫고 시내에서 한참 떨어진 이곳까지 왔을까요?"

샤론이 창틀 옆 벽에 몸을 기대고 팔짱을 낀 뒤 말했다.

"글쎄요, 케이의 음악이라도 듣고 싶다는 걸 까요?"

레온틴 프라이스가 고개를 끄덕이며 박수를 쳤다.

"사람들이 무엇을 원하는지 알고 있다면 그것을 해주면 빠져나갈 수 있겠죠."

건이 놀란 표정으로 그녀를 보며 물었다.

"교수님? 설마 여기서 버스킹이라도 하자는 말씀이세요?"

건을 보던 그녀가 윙크를 하며 말했다.

"안 될 이유라도 있나요?"

당황한 표정을 짓던 건이 샤론을 보자 그녀는 이미 자신의 기타를 챙기고 있었다.

"원하는 것을 해주고 나갑시다. 호호 시아라? 혹시 앰프를 좀 써도 될까요?"

샤론의 말을 들은 건이 시아라 쪽으로 고개를 돌렸을 때 이미 그녀는 직원들에게 앰프를 밖으로 옮기라는 지시를 하며 신난 표정을 짓고 있었다.

♪♪♩

비 오는 슬래인 캐슬을 포위하고 있던 사람들의 귀에 외부에 이어진 마이크를 통한 시아라의 목소리가 울렸다.

"30분 후, 슬래인 캐슬 앞 광장에서 이곳을 방문한 레온틴 프라이스 교수님, 샤론 교수님, 그리고 케이가 여러분께 정식으로 인사드릴 예정입니다. 우리 성을 방문해 주신 여러분께서는 질서정연하게 공연장으로 이동해 주시기 바랍니다."

외부에 설치된 앰프를 통해 시아라의 안내 방송이 계속 반복되었지만, 사람들은 그것을 믿지 않는지 내리는 비를 그대로 맞으며 소리를 질렀다.

"거짓말 하지 마! 우리가 딴 곳으로 가면 도망가려는 거잖아! 그래프턴 스트리트에서도 도망갔으면서!"

"맞아! 기다릴 거니까 얼굴 보여줘요!"

아우성치던 사람들이 캐슬의 정문이 열리자 시선을 집중했다. 빨간 옷을 입은 캐슬의 직원 여섯 명이 뛰어나와 성 앞 잔디밭으로 가서는 대형 텐트를 치기 시작했다.

주거형 텐트가 아니라 사방이 뻥 뚫린 파라솔 형태의 텐트인 것을 본 몇몇 사람들이 웅성거렸다.

"뭐야, 진짜 인사하러 나오는 거야?"

"자기야, 빨리 저기 가서 앞자리를 미리 잡아놓는 게 좋지 않을까?"

"먼저 가자!"

몇몇 사람들이 우르르 텐트 앞으로 이동하기 시작하자 캐슬을 포위한 사람 중 많은 이가 눈치 빠르게 텐트 앞에 자리를 잡기 시작했다.

뒤늦게 눈치챈 다른 사람들이 재빨리 뛰어왔지만 맨 앞자리는 이미 약삭빠른 자들의 차지가 되어 있었다.

텐트를 모두 설치한 직원들이 다시 캐슬로 들어갔다가 앰프를 들고 오는 것을 본 나머지 사람들이 소리를 질렀다.

"앰프다! 공연할 건가 봐!"

"아씨! 그거 봐! 내가 빨리 가자고 했잖아! 너 때문이야!"

"빨리 달려, 지금이라면 아직 얼굴은 보이는 자리가 남아 있다고!"

아까보다 더 많은 사람이 텐트로 이동하기 시작했다. 남은 수십 명의 사람이 갈팡질팡 고민하고 있을 때쯤 다시 한번 방송이 나왔다.

"10분 후에 슬래인 캐슬 앞 광장에서 버스킹이 있을 예정입니다. 캐슬 주위에 계시는 분은 원활한 진행을 위해 광장으로 이동을 부탁드립니다. 다시 말씀드립니다. 캐슬 주위에 계시는 분들로 인해 이동이 어려울 경우 버스킹에 차질이 생길 수 있으니 신속히 이동해 주시기 바랍니다."

방송을 들은 텐트 앞 관객들이 아직 캐슬 앞에 남은 사람들에게 손가락질하며 소리쳤다.

"빨리 나와요! 당신들 때문에 케이 못 보면 알아서 해!"

"그래요, 빨리 이쪽으로 와요, 잘못하면 케이 그림자도 못 보고 가야 한단 말이에요!"

수 천명이 손가락질하며 아우성치자 캐슬 앞에서 끝까지 버티던 사람들이 머뭇거리며 광장 쪽으로 다가왔다.

마침내 캐슬을 둘러싼 사람이 한 명도 남지 않았을 때 다시 방송이 들려왔다.

"협조해 주신 여러분 대단히 감사합니다. 지금부터 뮤지션들이 이동할 텐데 각자의 자리에 서서 질서를 지켜주시면 원활한 진행이 될 수 있겠습니다. 부탁드립니다."

"알았어요! 빨리 나오기나 해요!"

"꺄악, 진짜 나오려나 봐!"

"어떡하지, 나 핸드폰이 물에 젖어서 사진을 못 찍어!"

기대감에 젖은 사람들이 내리는 빗속에서도 슬래인 캐슬의 거대한 정문에 시선을 집중하고 있을 때 마침내 캐슬의 거대한 문이 열렸다.

"으아아악! 레온틴 프라이스다!"

"아악! 할머니 예뻐요!"

"옆에 여자가 샤론 교수야? 난 저 여자는 처음 봐."

"무식하기는! 얼마나 유명한 사람인데 그래, 그러니 맨날 팝 가수만 쫓아다니지 말고 수준 있는 노래 좀 들어라!"

"웃기시네, 팝 가수는 수준 떨어진다고 누가 그러던? 어이가 없네!"

맨 먼저 모습을 드러낸 레온틴 프라이스가 사람들에게 손을 흔들어주자 그를 본 관객들이 큰 환호성을 질렀다. 샤론은 그 저 조용히 그녀의 옆에 서서 미소를 짓다가 뒤를 바라보았다.

그녀가 뒤로 돌자 직감적으로 케이가 나온다는 사실을 눈 치챈 관객들이 동시에 소리를 질러댔다.

"우아아아아아아아!"

"꺄아아아아아! 케이!"

"여기 좀 봐줘요, 케이!"

"나도 흑맥주 사줘요!"

"맥주는 내가 살 테니 나랑도 10분만 이야기해 줘요!"

"여기요! 여기요!"

수천 명이 동시에 손을 올리며 환호하자 슬래인 캐슬 앞이 거대한 사람들의 파도로 일렁거렸다.

롤라팔루자 공연 후 이렇게 많은 사람이 모여 흥분에 찬 환 호를 보내주는 것을 처음 본 건이 얼떨떨한 표정으로 사람들 을 보다가 어색하게 한 손을 올리자 처음 건이 모습을 드러냈을 때보다 더 큰 환호가 터져 나왔다.

"아아아아악!"

산 중턱에 있는 슬래인 캐슬이라 그런지 사람들의 환호는 산이 돌려보내는 메아리 덕에 끊임없이 울려댔다.

캐슬의 직원들이 재빨리 우산을 들고 다가오자 레온틴 프라이스와 샤론이 그들이 씌워주는 우산을 쓰고 텐트로 이동했다.

직원이 건에게도 우산을 내밀었지만, 비를 맞고 서 있는 사람들을 본 건이 사양하며 웃었다.

비를 그대로 맞으며 캐슬에서 내려온 건에게 다시 한번 환호가 터졌다.

"아악! 우리랑 같이 비 맞고 싶나 봐!"

"아니지, 멍청아! 우리가 비를 맞는데 자기만 우산 쓰는 게 미안한 거지! 케이 별명 잊었어?"

"현세의 천사! 현세의 천사!"

건이 비를 맞으며 텐트로 걸어오는 동안 수천 명의 사람들이 동시에 한 단어를 외치기 시작했다.

"Angel, Angel! Angel, Angel!"

건이 볼을 타고 흐르는 빗물을 닦으며 사람들을 보며 웃어주다가 텐트에 가까운 자리에 있는 한 남자의 목마를 탄 어린 아이를 보았다.

여덟 살가량으로 보이는 남자아이는 비를 쫄딱 맞고 있지만, 무척 밝게 웃고 있었다.

건이 어이없는 눈으로 아빠로 보이는 사람에게 뛰어가 손을 내밀었다.

"아이를 주세요! 이러다 감기 걸려요!"

남자는 놀란 눈빛을 짓다가 환한 표정으로 목마를 탄 아이를 건에게 넘겨 주었다.

건이 자신의 옷으로 아이를 감싼 후 눈을 흘겼다.

"아무리 그래도 그렇지, 이런 날씨에 아이에게 비를 맞게 하는 아빠가 어디 있어요?"

남자가 뒤통수를 긁으면서도 건이 안고 있는 자신의 아이를 보며 연신 웃음을 지었다.

"하하, 미안해요. 눈에 넣어도 아프지 않은 내 자식이지만, 케이를 보고 이성을 잃긴 했네요. 우산도 들고 오긴 했는데 여기서 우산을 들고 있으면 다른 사람들에게 방해가 되어서 접은 겁니다. 저 그리 나쁜 아빠 아니니까 그렇게 보지 마세요. 하하"

건이 자신의 옷이 젖는 것도 아랑곳하지 않고 비에 젖은 아이의 몸을 옷으로 닦아주며 웃고 있는 아이의 볼을 어루만졌다.

"안 추워? 이름이 뭐야?"

아이가 방긋방긋 웃으며 손을 휘둘렀다.

"엔드류! 케이, 케이!"

"하하하, 그래 엔드류, 나 케이야. 너 몸이 얼음장 같다. 이리와, 형이랑 앞으로 가자. 저기 텐트에 가면 비는 안 맞으니까."

건이 아이를 들어 올린 후 아빠에게 말했다.

"잠시 텐트로 데려갈게요. 이따 아이 데리러 오세요. 괜찮죠?"

남자가 차려 자세를 하더니 절도 있게 경례를 붙였다.

"그럼요! 충성!"

오버하는 그를 보며 피식 웃은 건이 텐트 안으로 들어오자 미소를 짓고 있던 레온틴 프라이스가 손을 내밀었다.

"아이를 이리 주세요."

그녀가 아이를 받아 들고는 직원이 건넨 수건으로 아이 몸을 닦아주기 시작했다.

관객들이 환호성을 멈추고 그 모습을 흐뭇하게 지켜보는 중 시아라가 다가와 세팅된 마이크 세 개를 넘겼다.

레온틴 프라이스는 아이 몸을 닦느라 여념이 없고, 건 역시 상의를 벗고 맞은 비를 닦고 있는 것을 본 샤론이 먼저 마이크를 잡았다.

"에…… 안녕하세요, 줄리어드의 샤론 교수입니다."

"와아아아앙! 기타의 여신!"

"오오오오! 아직 아름다우십니다, 교수님!"

건에게 보내는 큰 환호는 아니었지만, 사람들이 박수로 그녀를 환영해 주자 상큼한 미소를 보내준 샤론이 다시 마이크를 들었다.

"호호, 절 알아보시는 분들이 계시다니, 너무 감사하네요. 별로 대단할 것 없는 사람이니 과분한 환호는 멈춰주세요. 여러분이 보고 싶은 사람은 제가 아니잖아요?"

"당신도 보고 싶었어요, 샤론!"

"맞아요, 함께 보러 온 거예요!"

몇몇 사람들이 호응을 해주자 입을 가리고 웃던 샤론이 다시 말했다.

"호호, 예의상 하는 말들이겠지만 기분이 참 좋네요. 케이, 준비됐나요? 사람들이 기다리는 건 당신이잖아요."

건이 수건으로 머리를 털고 있다가 샤론의 재촉에 흩어진 머리를 정리하지 못하고 그대로 의자 위에 올려진 자신의 마이크를 들었다.

건이 마이크를 잡자마자 다시 환호가 터졌다.

"꺄아아악! 젖은 머리 봐!"

"어머나, 완전 잘생겼어! 어떡해 진짜! TV에서 볼 때보다 더 잘생겼잖아?"

"아아아, 젖은 머리, 우수에 찬 눈빛!"

음악에 대한 것이 아닌 외모에 대한 칭찬은 아무리 들어도 익숙해지지 않았던 건이 볼을 긁으며 마이크를 들었다.

"아, 안녕하세요, 여러분?"

다시 한번 수천 명이 내지르는 환호가 한참 이어졌고, 그것이 잦아들길 기다리던 건이 소리가 줄어들자 눈을 동그랗게 뜨고 물었다.

"그런데 저 여기 있는 것 어떻게 아셨어요?"

건의 질문에 앞자리에 서 있던 남자가 핸드폰을 높게 들어 올렸다.

"SNS에 올라왔어요! 오늘 여기 오면 케이를 볼 수 있을 거라고요!"

건이 자신의 생각이 맞았다는 것을 확인하고는 한숨을 지었다.

"하아, 그렇군요. 다음부터는 좀 더 은밀하게 움직여야겠어요."

"와하하하! 그러지 마세요!"

"하핫! 어떻게든 쫓아다닐 거예요!"

건의 농담에 웃음 지은 사람들이 각자 웃음 섞인 농담을 하기 시작할 때쯤 점차 비가 잦아들었다.

잠시 하늘을 본 건이 아직 약간씩 내리는 빗줄기를 손으로 만져본 후 말했다.

"비가 조금씩 멎기 시작하는 것 같지만, 여러분이 비를 많이

맞고 있어서 마음이 아프네요. 여기서 오랜 시간 있어도 되겠
어요?"

"아아악! 열 시간도 버틸 수 있어요!"

"맞아요! 여기서 내일까지도 있을 수 있어요!"

건이 사람들의 반응에 웃음을 짓다 뒤를 돌아보았다.

아이의 몸을 다 닦아준 레온틴 프라이스가 아이를 안고 자
신을 보며 미소 짓고 있는 것을 본 건이 그녀에게 다가가 한 손
을 내밀며 큰 소리로 말했다.

"소개합니다. 제가 가장 존경하고 자랑스럽게 생각하는 세
분의 교수님 중 한 분이신 레온틴 프라이스 교수님입니다!"

사람들이 모두 손을 높이 들고 박수를 쳤다. 잠시 사람들의
환호 소리를 듣고 있던 건이 샤론을 가리키며 말했다.

"다들 아시죠? 저의 담당 교수이시자, 기타의 여신! 샤론 이
즈민 교수님입니다!"

다시 한번 큰 환호가 터져 나오고 소리가 잦아들 때를 기다
렸던 건이 다시 마이크를 들었다.

"아일랜드에 온 이유는 레온틴 프라이스 교수님과의 여행
때문이었습니다."

앞자리에 있던 여성이 손을 번쩍 들며 외쳤다.

"알아요! 은퇴 기념 여행이죠?"

건이 이를 드러내며 고개를 저었다.

"하하, 아니요? 새로 태어난 레온틴 프라이스의 인생 제2막을 위한 여행입니다."

사람들이 무슨 이야기인지 몰라 웅성거리자 뒤를 가리킨 건이 웃음을 지으며 말했다.

"다시 소개합니다. 오페라의 디바가 아닌 뮤지션으로 새로운 인생을 살아갈 레온틴 프라이스 입니다!"

영문 모르는 사람들이 그저 건의 말에 의문 섞인 호응을 보내주자 건이 씩 웃으며 레온틴 프라이스를 내려다보았다.

"교수님. 제 노래 혹시 아시나요?"

레온틴 프라이스가 미소 지으며 고개를 끄덕였다.

"'If I could change the world' 말인가요? 애제자의 노래를 모를까요, 설마."

건이 웃으며 샤론을 돌아보자 벌써 기타 가방에서 기타를 꺼내고 있던 샤론이 건을 보지도 않은 채 말했다.

"담당 교수가 제자에게 그런 질문을 받는 것 자체가 실례에요. 케이."

건이 씩 웃으며 관객들을 돌아보며 말했다.

"레온틴 프라이스 교수님이 부르는 'If I could change the world'입니다. 여러분."

"아아악! 진짜 노래해 주나 봐!"

"와아! 진짜 오길 잘했다!"

"그런데 케이는 안 해요?"

"맞아! 케이 노래도 듣고 싶어요!"

사람들이 소리를 질러대자 손을 들어 그들을 진정시킨 건이 다시 말했다.

"저는 연주를 할 거예요. 기타의 여신과 함께 말이에요. 코러스 정도는 할게요, 괜찮죠?"

건이 마이크를 스탠드에 꽂아두고 하드 케이스에서 하쿠를 꺼내자 관객들이 아름다운 하쿠의 자태를 보고 탄성을 질렀다.

"저게 화이트 팔콘이야? 진짜 예쁘다!"

"꺄악, 저거야! 저게 케이의 상징이라고!"

"아악, 나도 저거 살래! 저런 거 얼마나 해? 비싸?"

"야 저거 5천 달러 넘어!"

"괜찮아, 나 당장 살 거야!"

"야, 네가 저거 들면 케이 같아 보일 것 같아? 괜히 저거 들고 비교되지 말고 딴 거 들어."

"와하하하!"

사람들이 자기들끼리 농담을 주고받으며 즐거워하자 하쿠를 어깨에 멘 건이 샤론에게 눈짓을 보냈다.

샤론이 고개를 끄덕이자 건이 마이크에 입을 대었다.

"미리 준비되지 않은 공연이라 앰프 출력이 약합니다. 여러분께서 조용히 해주셔야 좋은 음악을 들려 드릴 수 있어요. 부탁드릴게요. 쉿!"

건이 검지를 입에 대자 몇몇 사람들이 자기도 모르게 건을 따라 손가락을 입에 대었다. 금방 수천 명이 있는 곳이라고는 믿어지지 않을 만큼 조용해진 슬래인 캐슬에 샤론의 클래식 기타 연주가 시작을 알렸다.

샤론의 연주가 시작되자마자 자기도 모르게 눈을 감고 하늘에서 떨어지는 비를 얼굴로 받으며 음악이 주는 감동에 젖은 몇몇 사람들이 생기기 시작했다.

그리고 건의 화이트 팔콘이 그녀의 빠른 아르페지오 위에 애드립을 올렸을 때 조용히 입을 다문 사람들의 고개가 까딱여지며 리듬을 타기 시작했다.

건의 뮤직비디오에서는 볼 수 없었던 샤론과 건의 완벽한 즉흥 연주는 악보와 달랐다.

마치 아름다운 슬래인 캐슬의 자연이 주는 자유로움이 담긴 듯 원곡과 같으면서도 다른 듯한 연주가 나오는 것을 본 관객들이 자기도 모르게 소리를 지르다가 황급히 자신의 입을 막았다.

다른 이들의 감상을 방해할 뻔한 사람들이 주위 눈치를 보며 입을 틀어막고 다시 귀를 기울일 때쯤 앉아 있던 레온틴 프라이스가 자리에서 일어났다.

노래가 들어가는 박자보다 일찌감치 자리에서 일어난 그녀가 사람들을 부드러운 눈빛으로 바라보며 입을 열었다.

If I could change the world.

(내가 세상을 바꿀 수 있다면.)

Back in time, I'll be back then.

(시간을 되돌려서, 그때로 돌아갈 텐데.)

When I had to hide in a place where no one knew.

(아무도 모르는 곳에 숨어 그저 바라만 봐야 했던 그때.)

If you can go back then and save you.

(그때로 돌아가 당신을 구할 수 있다면.)

샤론과 눈을 맞추고 연주에 집중하던 건의 입가에 미소가 걸렸다. 샤론 역시 레온틴 프라이스의 고운 목소리에 한껏 웃음을 지었다.

경악에 찬 눈빛을 보내며 무대에 집중하던 한 중년 남자가 조용하게 중얼거렸다.

"이 노래가 원래 이런 분위기였던가?"

건과 샤론의 연주는 점점 자유롭게 변해갔다. 마치 재즈 클럽에서 즉흥적으로 이루어지는 음악을 듣는 듯 박자도 자유자재로 변해갔다.

노련한 레온틴 프라이스가 손바닥으로 자신의 허벅지를 때리며 박자를 맞추어 다시 결이 굵은 미성의 목소리를 내었다.

But I'm different.

(하지만 나는 달라졌어요.)

Everything is different. Me and you, and now the person next to me.

(모든 것이 달라졌죠. 나 그리고 당신, 그리고 지금 내 옆에 있는 사람도.)

I will not miss you anymore.

(이제 더는 당신을 그리워하지 않을 거예요.)

Because now everything is precious.

(지금의 모든 것이 소중해졌으니까요.)

　그녀의 미성이 마지막 가사를 뱉은 후 건과 샤론의 기타가 절정을 이루었다.

　어느새 비가 멈추고 구름 사이로 해가 비추어 들어오자 텐트 밖으로 나온 레온틴 프라이스가 자신에게 비춰져 내려오는 햇살을 손으로 매만지며 허밍을 시작했다.

　"AH! HUH! AH! HUH!"

　그녀의 허밍은 건과 샤론의 기타와 또 다른 악기인 듯 연주에 자연스럽게 어우러졌다.

시종일관 충격에 충격을 받고 있던 관객들이 무엇엔가 홀린 듯 레온틴 프라이스가 매만지고 있는 햇살을 멍하게 바라보았다.

"와…… 음악의 어머니 같은 느낌이야……."

관객들 대부분이 그녀가 보내는 따뜻한 음색에 취했다.

건과 샤론은 끊임없이 이어지는 애드립 연주를 계속해 가며 신이 났는지 연신 서로를 보며 웃음을 지었다.

샤론이 연주를 이어가며 웃고 있는 건을 애틋한 눈빛으로 보았다.

'내 제자. 이 정도 수준까지 올라왔군요. 자랑스러워요.'

샤론이 흐뭇한 눈빛을 지으며 건의 연주에 뒤처지지 않도록 연주를 이어 나갔고, 한참 눈을 감고 연주하던 건의 얼굴에 햇빛이 비칠 때쯤 긴 공명을 남기며 연주가 끝났다.

연주가 끝나도 여전히 조용히 셋을 바라보던 관객 중 맨 앞의 관객이 손을 들어 소리가 나지 않도록 작게 박수를 쳤다. 가슴을 부여잡은 사람들이 눈을 감은 채 조용히 고개를 들어 따뜻한 햇볕을 느꼈다.

기타를 든 채 그런 사람들을 보고 있던 건이 따뜻해진 자신의 가슴에 손을 올렸다.

'음악이야! 이게 음악이야!'

행복한 표정을 짓는 사람들을 보고 있던 레온틴 프라이스의 눈에 눈물이 그렁그렁 맺혔다. 자신이 부른 노래를 듣고 행복해하는 사람들을 보고 감동을 받았기 때문이었다.

샤론이 기타를 놓고 그녀에게 다가가 따뜻하게 꼭 안아주자 그녀 역시 샤론의 허리를 안고 몸을 좌우로 흔들었다.

"고마워요, 샤론 교수님."

"호호, 그런 말씀 마세요, 교수님. 저는 교수님의 모습과 노래를 더 볼 수 있는 것만으로 행복합니다."

눈물을 흘리지는 않았지만 큰 눈망울에 가득 눈물방울을 달고 있던 레온틴 프라이스가 곱게 웃으며 건 쪽으로 손을 내밀었다.

"케이도 안아주실래요?"

건이 하쿠를 내려놓은 후 한껏 미소를 지으며 그녀에게 안기자, 의자에 앉아서 눈을 동그랗게 뜨고 셋의 연주 모습을 보고 있던 엔드류가 의자에서 뛰어 내려와 세 사람에게 안겼다.

셋이 웃음을 지으며 자신들의 다리에 매달린 엔드류를 보며 말했다.

"하하, 엔드류도 있었지, 참?"

"호호, 그래. 귀여운 아기!"

"할머니 안아주는 거예요? 아이고, 귀여워라."

세 사람의 웃음 섞인 말소리가 마이크를 타고 조그맣게 울려 퍼지자 그제야 하나둘씩 정신을 차린 관객들이 앞의 관객에서부터 환호를 보냈다.

"우와와아아아아!"

"대박이다! 대박이야! 레온틴 프라이스 교수 노래 들었어? 방금?"

"어, 어! 진짜 귀를 의심했다!"

"케이가 부른 노래만큼이나 좋았어요!"

"나 노래 듣다 혼이 날아갈 뻔했어!"

"꺄아아아악! 최고였어요!"

환호를 보내는 사람들을 본 세 사람이 레온틴 프라이스를 가운데 두고 서로 손을 맞잡은 후 번쩍 들자 다시 한번 큰 박수와 환호가 쏟아졌다.

그 날 레온틴 프라이스는 샤론과 건이 연주해 주는 기타 음악에 오페라에서 불렀던 음악들을 각색하여 팝과 같은 형식으로 세 곡을 들려주었다.

약 30분간 이어진 공연 후 각자의 자리를 지키기는 했지만, 손을 내밀어 하이 파이브를 요청하는 관객들에게 잡혀 10여 분 이상 팬 서비스를 해준 건이 시아라가 불러준 콜 택시에 몸을 실었다.

시아라의 배려로 슬래인 캐슬 정문 앞까지 들어온 콜택시는 수많은 사람의 환호를 받으며 슬래인 마을을 빠져나갔다.

이러한 인기를 처음 받아보는 레온틴 프라이스가 웃음을

멈추지 않고 즐거워하며 택시 창문을 두드리는 사람들에게 손을 흔들어주었다.

건이 조수석에 앉아 그런 그녀를 미소 띤 얼굴로 보다가 그녀에게 손을 내밀었다.

갑자기 다가오는 손을 자기도 모르게 꼭 잡은 레온틴 프라이스가 고개를 갸웃하자, 건이 미소 가득한 얼굴로 말했다.

"이제 이런 인생을 살아가요, 교수님. 재미있으시죠?"

멍하게 건의 얼굴을 보던 레온틴 프라이스가 싱긋 웃으며 건의 손을 더 꼭 잡았다.

"고마워요, 케이. 고마워요, 샤론 교수님. 호호"

셋이 서로를 보며 웃음 짓는 동안 택시는 어느새 슬래인 마을을 빠져나갔다.

조용한 시골길을 달리던 택시 안에 핸드폰 진동 소리가 울리자 품을 뒤져 전화기를 꺼낸 건이 전화를 받았다.

"어, 병준이 형?"

"야, 너 아직 슬래인 캐슬이야?"

"헐? 어떻게 아셨어요?"

"야 인마, 너 버스킹했지? 지금 SNS에서 실시간으로 올라오는 거 인터넷 뉴스로 계속 올라오고 있어."

"헉, 진짜?"

"버스킹을 몇천 명 데려다 놓고 하는 건 너뿐일 거다. 사고

안 친다며 이 자식아! 너 때문에 이사님한테 혼났잖아, 같이
안 따라갔다고."

"엥? 형이 왜 혼나요?"

"위험하니까 그렇지 이놈아. 어디 다친 곳은 없고? 지금 어
디야?"

"택시 안이에요. 다친 곳 없어요, 아일랜드 분들 다들 매너
가 좋던데요, 뭐."

"에휴, 네가 운이 좋은 거겠지. 언제 오냐?"

"내일 오전에 비행기 탈 거예요. 키스카는요?"

"에헉, 내가 너한테 전화한다니까 스피커폰으로 해달라고
하더니 네 목소리 들리자마자 소파를 굴러다니면서 울고 있
다. 발을 동동 구르면서. 빨리 좀 와라. 애가 하루 종일 울기만
하니까 불안해, 어디 아플까 봐."

"아. 알았어요, 형. 그럼 지금 스피커폰이에요?"

"어, 키스카도 듣고 있어. 키스카! 그만 울고 이리 와 봐. 케
이가 할 말 있나 봐. 어, 이야기해."

건이 잠시 숨을 고른 후 웃음기 있는 목소리로 말했다.

"키스카, 나 내일 가. 조금만 기다려. 내가 우리 키스카 주려
고 토끼 인형도 샀으니까 하룻밤만 더 기다려 주면 돼. 울지
말고, 알았지?"

톡톡 톡톡 톡톡.

건이 이상한 소리에 고개를 갸웃했다.

"어? 이거 무슨 소리지? 병준이 형? 전화 끊겼나요?"

"아냐, 키스카가 전화기 두드리는 거야. 뭐야, 안 우네? 토끼
인형이 좋은 거냐, 케이가 내일 오는 게 좋은 거냐?"

"하하, 안 울면 좋죠, 뭐."

"이런 어린 것이 벌써 여우다! 어라? 웃네? 야 키스카, 너 울
다가 웃으면 어떻게 되는지 알아?"

"아! 형! 애한테 그런 거 가르치지 마요!"

"아, 아 그래. 알았다. 어쨌든 빨리 와라. 너 내일도 안 오면
키스카가 날 죽일지도 모르니까."

"하하, 알았어요. 내일 봐요!"

◈ 4장 ◈
키스카의 쇼핑(1)

　전날 레온틴 프라이스의 방에서 밤 늦게까지 와인 파티를 하며 즐거운 시간을 보낸 세 사람은 비행기에 오르자마자 곯 아떨어졌다.

　장시간의 비행이었지만 출발할 때보다 잠이 보충되어 도착 했을 때 더욱 생기를 찾은 세 사람은 며칠 뒤 학교에서 볼 것 을 기약하고 뉴욕 JFK 국제공항에서 헤어졌다.

　얼굴을 가린 건이 주위를 두리번거리다 주차장 쪽으로 나오 니, 긴 크라이슬러 C300 리무진 앞에 미로슬라브가 서 있는 것이 보였다.

　미로슬라브는 얼굴을 가린 건을 바로 알아보고 달려와 캐리 어를 받아 들었다.

"아! 미로슬라브! 괜찮아요, 제가 할게요."

미로슬라브는 건의 캐리어를 빼앗듯이 받아 든 후 말했다.

"이런 것은 제가 하겠습니다. 그것보다 아가씨께서 하루 종일 기다리셨습니다. 빨리 가시죠."

건이 고개를 들어 하늘을 보자 어느새 저녁 하늘이 어두워지고 있는 시간임이 느껴졌다.

벌써 건의 캐리어를 트렁크에 실은 미로슬라브가 뒷문을 열고 손짓하는 것을 본 건이 재빨리 차에 오르자, 차량이 로켓처럼 급출발을 하는 것이 느껴졌다.

건이 키스카가 종일 기다렸을 것이라는 생각에 병준에게 전화를 걸었다.

"아야! 아야! 키, 키스카! 케이야, 케이! 전화 왔다고!"

"여…… 여보세요?"

"야! 너 언제 와!"

"지금 공항에서 미로슬라브 만나서 차 타고 가고 있어요, 형."

"들었지, 들었지? 케이 지금 오고 있다잖아, 그만 꼬집어, 키스카! 아야!"

"하하, 형이 고생이 많네요."

"아얏! 야 건아, 키스카 바꿔줄 테니까 금방 온다고 한마디만 해줘라."

"네 형."

톡톡 톡톡.

전화기 넘어 수화기를 두드리는 소리가 들리자 웃음을 지은 건이 밝은 목소리로 말했다.

"키스카! 나 지금 가고 있어. 한 30분이면 도착하니까 조금만 더 기다려줘, 늦어서 미안해."

톡톡 톡톡톡.

"키스카, 전화기 줘봐. 건아, 30분이면 오는 거 맞지?"

"하하, 네 형."

"그래, 빨리 와라, 1분이라도 늦으면 이 형 죽는다. 아, 전에 말한 그거 준비해 놨으니까 오면 그레고리한테 가져다주고."

"네? 아! 키스카 개런티요?"

"어, 네 방에 가져다 놨어. 큰 가방으로 두 개야."

"알았어요, 형. 금방 갈게요."

"빨리 와 인마!"

괴로워 보이는 병준의 마지막 말에 웃음을 지은 건이 창밖으로 보이는 뉴욕의 전경을 보며 손에 든 토끼 인형을 매만졌다.

곧 브루클린으로 접어든 차의 창문을 통해 보이는 레드 캐슬을 본 건이 집 정문 앞에 병준의 손을 잡고 서 있는 키스카를 보고 한껏 웃음을 지었다.

핑크색 원피스에 하얀 토끼털 코트를 입은 키스카가 멀리오는 차를 보자마자 병준의 손을 뿌리치고 달려오려고 버둥거렸다.

병준이 키스카의 손을 더 꼭 잡으며 위험하다고 외치는 것을 본 건이 창문을 열려던 손을 멈추고 차가 안전하게 멈추는 것을 기다렸다.

차가 완전히 멈추자 문을 열고 내린 건이 키스카를 보며 양팔을 벌렸다.

"키스카! 나 왔어!"

그제야 병준이 손을 놓아주었는지 한달음에 달려온 키스카가 건의 목에 매달렸다.

키스카를 번쩍 안아 든 건이 소녀의 살 오른쪽 뺨을 살짝 만져주며 말했다.

"많이 기다렸어?"

키스카가 정신없이 고개를 끄덕이며 건과 눈을 맞추자 건이 숨겨둔 토끼 인형을 키스카의 눈높이에 맞춰 들며 흔들었다.

"짠! 토끼 인형이야!"

키스카가 환하게 웃으며 토끼 인형을 안아 들었다.

조금 큰 인형을 산 듯 키스카의 무릎까지 내려온 토끼 인형은 소녀가 양손으로 꼭 안아야 겨우 바닥에 끌리지 않을 만큼 컸다.

토끼 인형을 놓치지 않으려는 듯 손에 힘을 꼭 주고 안은 키스카가 인형의 얼굴을 보며 환하게 웃자, 건이 병준에게 다가 갔다.

"하하, 형 고생 많았죠?"

병준이 자기 배를 만지며 볼을 부풀렸다.

"너 없는 동안 2kg이나 빠졌어. 매일 아침 달려와서 너 돌아왔나 확인하고 내 침대에 올라와 배를 밟아대서 잠도 못 자고, 밥 먹다가도 갑자기 울어서 밥도 못 먹었어. 너 인마 이제 어디 가지 마라. 나 죽어버리는 줄 알았으니까."

키스카를 안은 건이 웃음을 지었다.

"하하, 알았어요. 들어가요, 추워요."

오랜만에 미로슬라브가 운전하는 골프 카트에 올라탄 건이 별채 앞에 내려서자 미로슬라브가 다가와 말했다.

"보스가 잠시 들르시랍니다."

건이 키스카를 바닥에 내려놓은 후 고개를 끄덕였다.

"잠시만요, 가져갈 물건이 있어서요."

건이 별채로 들어가 큰 가방 두 개를 가지고 나오자 미로슬라브가 얼른 가방을 양손에 받아 들었다.

건이 미안한 표정으로 미로슬라브를 보았다.

"좀 무겁죠? 하나는 제가 들게요."

건이 들 때는 크고 무거워 보이던 가방이 덩치 큰 미로슬라브가 들자 자그마한 가방처럼 보였다.

미로슬라브는 고개를 흔들며 본채를 향해 고갯짓을 했다.

"이건 제가 옮길 테니 빨리 가보시죠. 오래 기다리셨습니다."

"아, 알겠어요. 그럼 먼저 가볼게요."

건이 먼저 본채로 발걸음을 옮기자 본채 정문에 서 있던 다른 조직원이 건을 안내했다.

2층의 서재에 도착한 건이 노크를 하자 대답 대신 문이 벌컥 열리며 반가운 표정의 그레고리가 얼굴을 내밀었다.

"오! 드디어 왔구먼!"

그레고리가 그답지 않게 건을 와락 껴안았다.

건이 약간 당황한 표정을 짓자 건의 어깨를 몇 번 두드리며 호탕하게 웃은 그레고리가 방 안쪽으로 손을 내밀었다.

"자! 들어가세!"

어색하게 웃은 건이 서재로 들어가 소파에 앉자, 다시 문이 열리며 가방을 든 미로슬라브가 들어왔다.

얼른 일어나 가방을 받은 건이 미로슬라브에게 감사의 인사를 전했다.

"고마워요, 미로슬라브."

"아닙니다. 그럼 전 나가보겠습니다. 이야기 나누십시오."

미로슬라브가 방을 나서는 것을 지켜보고 있던 그레고리가 습관처럼 시가를 물었다.

불을 붙이기 전 건을 힐끔 본 그레고리가 피식 웃으며 물었다.

"그래, 여행은 즐거웠나?"

"하하, 네 재미있었어요."

불을 붙이고 연기를 깊게 들이마셨다가 뿜어낸 그레고리가 실소를 지었다.

"나는 죽는 줄 알았다네. 키스카가 너무 울어서 말이야."

건이 어색하게 웃으며 머리를 긁자 그레고리가 웃으며 책상 앞으로 나와 엉덩이를 걸쳤다.

"미안해할 일은 아니지 않은가? 키스카와 함께해 달라고 하는 건 내 부탁이었는걸. 자네 탓을 하는 것이 아니니 그런 표정 짓지 말게. 그런데 그 가방은 뭐지?"

건이 가방을 번쩍 들어 책상 위에 올리자 책상에 걸쳐둔 엉덩이를 뗀 그레고리가 가방을 만지지 않고 물었다.

"보통 이런 가방에는 돈이나 약이 들어 있게 마련인데…… 자네가 내게 약을 줄 리는 없으니 돈인가?"

건이 가방에 손을 올리고 조금 진중해진 표정으로 말했다.

"실은 먼저 사과를 해야 할 것 같네요. 키스카는 그레고리의 딸인데 미리 허락도 받지 않고 키스카의 이름을 세상에 공개해 버린 것과 작사가로 정식 계약도 하지 않고 앨범을 발표한 것은 실례였던 것 같아요. 미안했습니다, 그레고리."

그레고리가 건을 빤히 보다가 다시 시가를 물고 창문 앞에 섰다.

"음…… 자네가 어떤 마음으로 그랬는지 알고 있으니 기분 나쁘게 생각하지는 않아. 하지만 앞으로는 상의해 주었으면 좋겠군. 난 키스카의 아빠니까 말이야."

건이 살짝 고개를 숙이며 말했다.

"네, 꼭 그렇게요. 이건 제 앨범 수익에서 키스카의 몫을 가져온 거예요."

그레고리가 가방을 힐끔 본 후 피식 웃었다.

"이 저택을 보고도 나에게 그런 푼돈이 필요하다고 생각한 건가? 그냥 키스카에게 용돈 하라고 주게."

건이 조심스럽게 말했다.

"저…… 그레고리. 이거 500만 달러가 넘어요."

"……뭐?"

그레고리가 시가를 그대로 물고 팔짱 낀 팔을 늘어뜨리며 놀란 표정을 지었다.

"500만 달러라고? 무슨 말인가 그게, 아무리 키스카를 특별히 생각해 준비해 준 거라고 해도 그건 과하네."

건이 머리를 긁으며 어색하게 웃었다.

"아…… 그게 제 자랑 같긴 한데…… 하하 이거 참."

그레고리가 건의 말을 가만히 기다리고 있자 건이 머뭇거리며 말했다.

"저 그게…… 신인 작사가한테 주는 분배만으로 계산한 거래요. 제가 계산한 것이 아니라 회사에서 계산한 거니까 맞을 거예요."

그레고리가 한참 건을 뚫어지게 보다가 다가와 가방을 열었다. 가방 안을 가득 채우고 있는 돈다발을 보던 그레고리가 입에서 시가를 빼고 어이없다는 눈으로 건을 보았다.

"자네, 도대체 얼마를 버는 건가? 마피아인 나보다 더 잘 버는 것 아닌가?"

"하하…… 그게 저도 제가 얼마를 버는지는 잘……."

그레고리가 고개를 절레절레 흔든 후 돈다발 중 100달러짜리 지폐 한 묶음을 들어 건에게 내밀었다.

건이 의문스러운 눈으로 보자 돈을 흔들어 보인 그레고리가 말했다.

"키스카에게 전해주게. 이건 키스카와 자네가 번 돈이니 자네가 주는 것이 맞겠지. 나머지는 키스카의 계좌를 만들어서 넣어두겠네."

그제야 돈을 받아 든 건이 웃으며 말했다.

"그럴게요, 키스카의 계좌는 병준이 형에게 알려주세요. 음원 수익은 계속 나오는 거라 매달 정해진 날에 계속 입금될 거예요."

"허허, 그래? 이거 나중에 키스카가 나보다 돈을 잘 버는 것이 아닌가 모르겠군."

건이 히죽 웃으며 손에 든 돈다발을 흔들었다.

"그런데 열 살짜리 아이에게 주기에는 너무 많은 돈 아닌가 요? 만 달러는 될 것 같은데."

그레고리가 손을 휘휘 저었다.

"내 딸이야. 무려 그레고리의 외동딸이란 말이지. 처음으로 번 돈인데 그 정도 스케일은 되어야지. 내일 별다른 일이 없으 면 키스카를 데리고 외출이나 해주게. 자네만 기다렸으니 말이 야. 자기가 번 돈으로 사고 싶은 것도 사게 해주면 더 좋겠군."

건이 고개를 끄덕였다.

"안 그래도 외출 허락을 맡으려고 했어요. 키스카랑 놀러 다 녀올게요."

"그래 주면 고맙지. 피곤할 텐데 가보게. 자네가 왔으니 키 스카는 오늘 별채에서 자겠군?"

"하하, 아마 그렇지 않을까요?"

"허허, 알았네. 가보게."

건이 그레고리와 인사를 나눈 후 별채로 오자 별채 문 앞 계 단에 쪼그리고 앉아 건을 기다리던 키스카가 쪼르르 달려와 건의 손을 잡았다.

건이 키스카를 번쩍 들어 안은 후 웃으며 별채 안으로 들어 가자 병준이 샤워를 하고 있는 듯 물소리가 들려왔다.

소파에 키스카를 앉힌 건이 돈다발을 내밀며 싱긋 웃었다.

"키스카. 이거 키스카 돈이야. 돈 뭔지 알지?"

키스카가 고개를 끄덕이며 건이 내민 돈다발을 받아 들고는 의문스러운 눈으로 건을 올려다보았다.

"하하, 키스카가 지어준 가사로 내가 음악 만든 것 알지? 그걸로 번 돈 중에 키스카의 몫이야. 우리 키스카가 처음으로 번 돈인 거지. 무슨 말인지 알아?"

키스카가 고개를 갸웃거리자 건이 한껏 웃으며 소녀의 볼을 꼬집었다.

"내일은 우리 같이 쇼핑 가자! 그 돈으로 키스카가 사고 싶은 것도 사고! 어때?"

키스카가 잠시 멍하게 건의 얼굴을 보다가 외출을 한다는 말에 그저 좋은지 돈다발을 머리 위로 들고 웃음을 지었다.

그 모습을 본 건이 키스카가 귀여워 죽겠다는 표정으로 머리를 쓰다듬으며 말했다.

"그럼, 내일 점심 먹고 갈 테니까, 뭐 살 건지 생각해 놔, 알았지? 나 씻고 올게."

건이 일어나 머리를 털며 샤워실에서 나오는 병준을 지나 샤워실로 들어가자 잠시 돈다발을 내려다보던 키스카가 고개를 들어 창밖으로 보이는 본채 2층의 서재를 바라보았다.

그레고리의 서재에서 새어 나오는 불빛과 자신의 고사리 같은 손에 쥐어진 돈다발을 번갈아 보던 키스카가 고민스러운 표정을 했다.

♪♫

다음 날.

잠을 자고 있던 건이 누군가 달려와 문을 여는 소리에 잠에서 깨어 눈을 반쯤 뜨고 침대에서 상체를 일으켜 열린 방문을 보았다.

잠옷 바람에 뛰어와 문을 연 키스카가 숨을 할딱대며 침대에 누워 있는 건을 보고 방긋 웃음을 지었다.

"음냐…… 키스카? 아침부터 무슨 일이야?"

키스카가 배시시 웃으며 다시 문을 닫으려는 것을 본 건이 양팔을 벌리며 말했다.

"왜, 어디가? 이리 와."

키스카가 문을 닫으려다 말고 방긋 웃으며 침대로 뛰어 올라왔다.

키스카를 안아준 건이 소녀의 머리를 쓰다듬다가 다시 침대에 털썩 누웠다.

"나 오 분만 더 잘게. 키스카도 좀 더 자."

건의 곁에 누운 키스카가 눈을 감은 건의 옆모습을 물끄러미 보았다.

손을 뻗어 건의 가슴 위에 손을 올리고 그의 심장 박동을 느껴보던 키스카가 어느새 눈을 감고 잠에 빠져들었다.

아침에 눈을 뜨자마자 어제 건이 돌아왔다는 것이 꿈이 아니라는 것을 확인한 키스카는 안심한 표정으로 엄지손가락을 입에 넣고 금세 잠에 빠져들기 시작했다.

며칠 동안 키스카가 아침마다 달려들어 배를 밟아대는 통에 잠이 모자랐던 병준이 늦은 오전이 되어야 눈을 떴다.

매일 벌컥벌컥 문을 열고 뛰어들어 오는 키스카 덕에 반팔 티와 반바지를 입고 잠든 병준이 까치집이 된 머리로 침대에서 내려와 거실로 나왔다.

냉장고 문을 열고 컵도 없이 생수병을 통째로 입에 대고 벌컥벌컥 마시던 병준이 생수병을 든 채 건의 방문을 열었다.

생수병의 주둥이를 입에 문 채 문을 연 병준이 방 안의 모습에 생수병을 황급히 빼고 입에서 흐르는 물을 닦았다.

침대에 함께 누워 자고 있는 두 사람을 본 병준이 득달같이 달려들어 남은 생수를 건의 얼굴에 뿌리기 시작했다.

"야, 이놈의 자식이! 드디어 해서는 안 될 짓을!"

"아, 깜짝이야! 누구야!"

병준이 생수병의 중간 부분을 마구 누르며 건의 얼굴에 물을 뿌린 후 두꺼비 같은 손으로 건의 얼굴을 문질렀다.

누워 있는 건에게 헤드락을 걸고 누르던 병준이 소리쳤다.

"키잡 아니라며! 아니라며!"

"으헉! 형…… 수, 숨 막혀요"

"이런 음란한 소아 성애자 자식이! 귀여운 키스카한테 무슨 짓 했어!"

"으헉! 으헉, 혀, 형!"

소란스러운 소리와 들썩이는 침대 때문에 잠에서 깬 키스카가 상체를 세워 침대를 굴러다니며 기술을 걸고 있는 병준과 숨이 막히는지 얼굴이 빨개져서 연신 병준의 팔에 탭 아웃을 치고 있는 건을 보았다.

눈을 비비며 두 사람을 멍하게 보던 키스카가 조금씩 웃더니 손을 위로 올려 손뼉을 치며 웃기 시작했다.

건의 몸을 누르며 조르기를 하던 병준이 키스카의 박수 소리에 고개를 돌렸다가 어이없다는 표정으로 말했다.

"키스카 아침에 웃는 거 며칠만인지 아냐? 매일 무서운 눈으로 꼬집거나 아니면 슬픈 눈으로 울기만 했다고. 얘 여기 몇 시에 왔어?"

"크헉, 혀, 형 이거 좀 놓고……."

"몇 시에 왔냐니까?"

"모, 몰라요. 잠결이라서. 한 시간 정도 전쯤?"

"음…… 너 온 것 맞는지 확인하려고 왔구먼."

"예? 어제 온 것 봤잖아요. 밤에 한참 놀다가 재웠는데요."

"그게 꿈이 아니었는지 확인하고 싶었겠지."

건이 눈을 돌려 재미있다는 듯 침대를 굴러다니며 웃고 있는 키스카를 보았다.

병준이 팔에 힘을 풀어주자 상체를 일으킨 건이 키스카에게 양팔을 펼치자 건의 품에 뛰어들어 온 소녀가 건의 다리 위에 앉아 그의 얼굴을 살짝 꼬집어보며 웃었다.

잠시 소녀와 눈을 맞춰주며 손가락으로 장난을 치던 건이 말했다.

"키스카, 우리 조금 일찍 나갈까? 로건네 가게에 가서 아보카도 샌드위치로 점심 먹는 건 어때?"

키스카가 하얀색 잠옷을 펄럭이며 벌떡 일어나더니 손을 머리 위로 들고 침대 위를 빙글빙글 돌았다.

그 모습을 보던 병준이 너무 귀여운 키스카의 모습에 피식 웃으며 말했다.

"좋다는 거지? 뭐 워낙 알기 쉬운 반응이니 모르기도 힘드네. 그럼 일찍 나갈 거야?"

키스카의 좋아하는 모습을 보던 건이 고개를 끄덕였다.

"네, 점심 먹을 때까지 시간도 좀 있는데 멍하게 기다리느니 나가서 바람 쐬는 게 좋잖아요. 형도 갈 거죠?"

병준이 침대에서 다리를 내리며 말했다.

"당연하지. 이사님이 이제 너 혼자 어디 못 가게 하라고 하시네. 차 준비하라고 할게."

"고마워요, 형."

병준이 방에서 나가는 것을 본 키스카가 건과 병준을 번갈아 보다가 고개를 숙여 입고 있던 잠옷을 내려다보았다.

잠시 생각을 하는 듯하던 키스카가 쪼르르 달려 나가 본채로 뛰어가기 시작했다.

유모를 졸라 예쁜 옷을 골라 입으러 가는 것이라는 것을 안 건이 실소를 지으며 샤워실로 향했다.

잠시 후 무릎까지 오는 카키색 야상에 블랙 진, 검은 부츠를 신고 모자와 선글라스, 마스크로 얼굴을 가린 건이 별채를 나서자 별채 앞까지 들어와 대기하고 있는 검은 차 앞에 분홍색 코트를 입고 조그맣고 하얀색 백을 사선으로 맨 후 검은 마스크로 얼굴을 가린 키스카가 병준의 손을 잡고 있는 것이 보였다.

파란색 파카를 입고 기다리던 병준이 옆에 선 조직원에게 무언가 말을 건네자 조직원이 빠르게 차에 올라탔다.

건이 키스카의 손을 잡고 차에 오르자 조수석에 탄 병준이 고개를 돌리며 말했다.

"오늘 외출에 경호 인력은 스무 명이래. 밖을 돌아다녀야 하니까 최대한 마피아 티 안 나는 사람들로 구성해 달라고 부탁했더니 조직에 들어온 지 2년 미만의 조직원들로 구성한 경호

원들을 배치해 줬어. 미로슬라브가 책임자로 올 건데 일이 있어서 조금 있다 온다니까 알고만 있어."

건이 굳이 넓은 차의 편안한 소파를 두고 자신의 무릎 위에 앉아 토끼 인형을 가지고 놀고 있는 키스카의 머리를 쓰다듬으며 말했다.

"2년 미만이요? 괜찮을까요?"

병준이 실소를 지으며 건과 눈을 맞추었다.

"여기가 어디라고 생각하냐? 2년 미만이라도 여기 온 게 2년이라는 거지, 러시아에서 오랫동안 조직 생활한 애들이래. 여기 오려면 그래도 본국의 마피아로 10년 이상 활동한, 믿을 수 있는 사람들이라더라. 걱정 말고 가자고."

병준의 말에 안심한 건이 지나가는 간판을 손가락질하는 키스카에게 이것저것 설명을 해주며 시간을 보냈다.

줄리어드 스쿨을 지나 로건의 가게 앞에서 차가 멈추자 손목시계를 확인한 건이 차에서 내리며 병준을 보았다.

"형도 같이 먹어요. 여기 아보카도 샌드위치 맛있어요. 아직 11시도 안 됐으니까 사람도 별로 없을 거예요."

병준이 뒤를 돌아보지 않고 손을 흔들었다.

"아, 난 그거 싫어. 난 육식 공룡이다. 고기도 없는 샌드위치 따위 안 먹어. 따로 햄버거나 사 먹을 테니까 먹고 나와라. 경호 인력은 밖에서 대기하라고 할게."

건이 키스카의 손을 잡고 로건네 가게로 들어갔다.

남자 손님 한 명이 빵이 진열된 진열장 앞에서 팔짱을 끼고 빵을 고르고 있었고, 앞에 직원이 서 있다가 건이 오는 것을 보고 친절한 미소로 말했다.

"어서 오세요."

얼굴을 꽁꽁 가린 두 사람을 의아한 눈으로 보던 직원이 진열장을 가리키며 말했다.

"우리 가게는 매일 아침 새롭게 빵을 구워요. 골라보세요."

건이 살짝 미소를 지은 후 말했다.

"로건은요?"

직원이 로건의 이름을 말하는 건을 보고 살짝 놀라며 말했다.

"아, 보스의 손님이시군요? 잠시만요."

직원이 주방 문을 열고 안으로 들어가자 건이 키스카의 손을 잡고 창가의 테이블로 가 앉았다.

곧 주방 문이 열리며 앞치마를 한 로건이 수건으로 손을 닦으며 나오다가 테이블에 앉아 있는 건을 보고 눈이 커졌다.

건이 미소를 지으며 손을 흔들자 재빨리 카운터를 돌아 테이블로 달려온 로건이 빵을 고르고 있는 손님 눈치를 보며 조용하지만 빠르게 말했다.

"케이! 돌아왔구나! 키스카 양도 왔네요! 하하, 잊지 않고 찾아줘서 고마워."

"하하, 아보카도 샌드위치 먹고 싶어서 왔죠."

"그래, 그래. 내 금방 만들어주지. 오렌지 주스 줄까?"

"전 우유요, 키스카는 뭐 줄까?"

키스카가 손에 쥔 토끼 인형만 보며 별 반응이 없자 피식 웃은 건이 말했다.

"그냥 우유 두 잔 주세요."

"알았어, 조금만 기다리라고!"

금방 두 개의 샌드위치를 만들어 가져온 로건이 우유와 빵이 담긴 쟁반을 테이블 위에 올려두고 맞은편에 앉았다.

키스카에게 직접 샌드위치의 포장지를 벗겨 손에 쥐여준 로건이 건에게 물었다.

"아일랜드 뉴스는 봤어. 이제 곧 복학이지? 이제 자주 볼 수 있으려나?"

건이 샌드위치를 한입 베어 물고 우유를 마신 후 고개를 끄덕였다.

"네, 복학하면 자주 올게요. 하하."

"그래, 안 그래도 케이의 단골집인데 케이를 볼 수 없다고 사기꾼 소리를 들었는데 잘 됐군. 하하."

건이 눈을 흘기며 웃었다.

"저 이용하려고 하시면 안 돼요."

로건이 손사래를 치며 말했다.

"어이쿠! 그럴 리가 있나, 그냥 가끔 빵 사러 와주는 걸 보는 것만으로도 만족하지. 하하, 그래 키스카 양과 놀러 나왔나 보군?"

건이 샌드위치를 먹느라 볼에 소스를 묻힌 키스카의 볼을 닦아주며 말했다.

"네, 키스카가 너무 집에만 있어서 데리고 나왔어요."

잠시 두 사람을 보던 로건이 의아한 표정으로 물었다.

"응? 키스카 양이 집에만 있나? 어디 사는 데?"

"브루클린 쪽에 살아요."

"그렇군, 자네는 아직도 브롱스 동물원에 살고?"

"하하, 언제 적 이야길 하세요. 아니에요."

"그럼 어디 사는데?"

"저도 브루클린 쪽에 살죠."

"아, 그럼 키스카 양과는 이웃이군? 그런 인연이었구나."

"아…… 네. 뭐 그렇죠."

아무 생각 없이 이야기하다가 위험한 이야기를 할 뻔한 건이 말을 얼버무렸다.

얼른 샌드위치를 입에 구겨 넣은 건이 키스카가 다 먹기를 기다렸다가 소녀의 입을 닦아준 후 바로 자리에서 일어났다.

로건이 너무 빠르게 일어서는 건을 보며 서운한 눈으로 말했다.

"왜, 벌써 가려고? 온 지도 얼마 안 됐는데."

건이 카운터로 가 돈을 올려둔 후 미소를 지었다.

"오늘은 할 일이 많아서요. 아, 참! 로건. 혹시 브루클린이나 맨하튼 근처에 쇼핑할 만한 백화점이 있을까요?"

로건이 팔짱을 끼고 잠시 생각해 본 후 손가락을 튕겼다.

"아! 브루클린 87번가 알아? 거기 센추리 21이라고 큰 백화점이 있는데, 몇 년 전에 사고가 나서 백화점이 좀 부서졌거든. 그래서 리뉴얼 공사를 6개월 넘게 했었어. 리뉴얼을 하는 바람에 지금은 근처에서 가장 인테리어가 좋은 백화점이라고 불리지. 거기 가봐. 지난번에 보니까 지하 매장에서 세일도 많이 하는 것 같더라고."

"브루클린 87번가? 아, 가깝네요. 고마워요, 로건."

"아냐, 자주만 와달라고, 하하."

"네, 그럴게요."

로건의 가게에서 내린 건이 대기하고 있던 차에 타니 조수석에서 햄버거를 먹고 있던 병준이 돌아보았다.

"뭐야, 벌써 다 먹었어? 넌 그렇다 치고 키스카는 그렇게 빨리 먹으면 체해."

건이 키스카의 볼록해진 배를 만져주며 웃음을 지었다.

"키스카가 다 먹자마자 나온 거예요. 무방비 상태로 있다가 제가 어디 사는지 말할 뻔했거든요. 하하."

"뭐? 이놈 자식! 입도 뻥긋하지 마라!"

"하하, 말 안 했어요."

병준이 햄버거를 입에 물고 조직원에게 출발하라는 손짓을 보내고 차가 부드럽게 움직이기 시작하자 다시 물었다.

"어디로 가? 쇼핑할 곳 정했어?"

건이 창밖으로 시선을 주며 말했다.

"브루클린 87번가 센추리 21 백화점이요."

병준이 운전석에 앉은 조직원을 보자 그가 위치를 안다는 듯 고개를 끄덕였다.

그레고리가 건네준 가방을 누군가에게 전해주라는 명령을 받은 미로슬라브가 명령을 완수한 후 차에 올랐다.

차에 대기하고 있던 운전수와 조수석에 앉은 조직원이 건의 차를 뒤따르는 경호 인력들과 무전을 주고받고 있었는지 무전기에서 계속 소리가 나는 것을 들은 미로슬라브가 차 문을 닫으며 물었다.

"아가씨는 어디 계신가?"

조수석에 앉아 무전기를 들고 있던 조직원이 고개를 돌렸다.

"지금 줄리어드 앞에서 식사를 마치고 백화점에 다 와 간답니다."

"그래? 출발해."

차가 출발하자 잠시 창밖을 보던 미로슬라브가 차가 브루클린 시내로 접어드는 것을 보다가 문득 물었다.

"브루클린? 어느 백화점으로 갔어?"

조직원이 다시 고개를 돌리며 말했다.

"87번가의 센추리 21 백화점이라고 합니다."

미로슬라브가 대경한 표정으로 조수석의 머리 받침대를 세차게 내려쳤다.

"뭐? 야, 이! 아……."

미국으로 온 지 2년 미만으로 구성된 경호 인력들이 4년 전의 일을 알 리 없다는 것을 깨달은 미로슬라브가 스킨 헤드라 머리카락도 없는 머리를 쥐어뜯었다.

"무전 해. 지금 어딘지."

조직원이 의아한 표정으로 다급하게 무전을 보냈다.

"경호팀. 현재 위치 어딘가?"

"치칙, 방금 백화점에 도착했다. 조금 전 백화점 앞에서 아가씨를 내려 드렸다."

무전을 들은 미로슬라브가 자신의 눈을 가리고 미간을 꾹꾹 눌렀다.

"미치겠구먼……."

조직원이 미로슬라브의 눈치를 보며 조심스럽게 물었다.

"저…… 왜 그러십니까?"

미로슬라브가 손으로 눈을 꾹꾹 누르며 한숨을 쉬었다.

"센추리 21 백화점…… 4년 전에 아가씨가 나탈리에 님의 죽음을 지켜본…… 바로 그 장소다. 하아……."

조직원이 대경하며 자리에서 퍼덕거렸다.

"예에? 정말이십니까?"

미로슬라브가 머리를 꾹꾹 누르며 손을 휘휘 저었다.

"빨리 가기나 해."

미로슬라브를 태운 차가 속도를 높이며 클락션을 울려댔다.

To Be Continued